FRIEDA LAMBERTI

Lady Marmelade

Ferien bei Madame Confiture

Umschlaggestaltung: www.kreativplatz-erfurt.de
Umschlagmotiv: © 123RF
Lektorat: Hilke Bemm M.A.
Printausgabe
ISBN-13: 978-1537048857

Von wegen Honeymoon

Heute, zwei Tage nach Anjas Beerdigung, kehren wir Hamburg den Rücken. In Anbetracht der Umstände haben Martin und ich beschlossen, auf unsere Hochzeitsreise zu verzichten. Statt wie geplant nach Italien zu reisen und Maria einen Besuch abzustatten, fahren wir direkt nach Südfrankreich in unser neues Zuhause. Der Abschied fällt mir diesmal besonders schwer. Wenn ich Lisa und Lena ansehe, habe ich das Gefühl, sie im Stich zu lassen.

»Wann wird es aufhören, so unbeschreiblich wehzutun?«, fragen sie, und ich weiß keine Antwort. Ich kann es noch immer nicht fassen, dass ihre Mutter und meine beste Freundin nicht mehr unter uns ist. Noch einmal nehme ich die Mädchen in den Arm, drücke sie ganz fest und verspreche ihnen, mich regelmäßig zu melden. »Auf geht's, Lotte«, fordert Martin und zieht mich sanft in Richtung Wagen. Es liegen tausendsiebenhundert Kilometer Strecke vor uns, anders gesagt: Uns stehen sechszehn Stunden Vorfreude auf unseren Hund Jackson bevor, der mich bestimmt genauso arg vermisst hat wie ich ihn.

Weil Martin sich gewünscht hat, dass wir gemeinsam mit seinem Wagen fahren, bleibt mein Kombi vorerst in Hamburg. Wie selbstverständlich geht mein Mann zur Fahrerseite. Mein Mann! Wie seltsam das nach all der

Zeit klingt. Ich pfeife ihn sofort zurück und bitte ihn, mir das Steuer zu überlassen.

»Lass mich bis zur Grenze fahren. Dann tauschen wir.«

»Du magst nicht durch die Dunkelheit fahren?«, fragt er, und ich nicke, obwohl das nicht der wahre Grund ist. Ich mag seine Nobelkarosse nicht in Frankreich durch die Mautstellen lenken. Die Fahrspuren zu den Automaten, an denen die Tickets gezogen oder bezahlt werden müssen, sind so eng bemessen, dass ich stets befürchte, an die Betonmauern zu schrammen. Außerdem sind meine Arme viel zu kurz, um in seinem tiefer gelegten Wagen durch das Fenster die Kreditkarte in den Schlitz zu stecken. Bei mir würde dieser Vorgang ewig dauern. Während sich rechts und links neben mir die Schranken bereits zum zweiten Mal heben würden, wäre ich noch immer mit meinen Streckübungen beschäftig. Sollte der Fahrer hinter mir auch noch ungeduldig hupen, dann wäre es so weit und ich geriete schweißgebadet in Panik. Nee, das tue ich mir nicht an. Erst recht nicht, wenn Martin neben mir sitzt. Er hält mich für eine gute Autofahrerin und so soll es auch künftig bleiben.

Wir haben Glück. Bis auf zwei Baustellen bei Frankfurt und Karlsruhe sind die Straßen frei und ich komme zügig voran. Noch vor Mitternacht erreichen wir Freiburg. Dort erhält der nahezu leere Tank eine Füllung und auch wir gönnen uns in der Raststätte einen Imbiss, bevor wir die Plätze wechseln.

Ich bin nicht müde und statt zu schlafen, wie Martin mir rät, lege ich meinen Kopf gemütlich an seine Schulter und lausche der Musik, die aus den Lautsprechern tönt. Ich selbst habe die Songs vor unserer Abreise ausgewählt und auf CD gebrannt. Lieder von Louane, Zas und Ben L'Oncle Soul sollen uns auf unser gemeinsames Leben in Frankreich einstimmen.

Wir haben Lyon schon hinter uns gelassen und nähern uns Valence. Auf dieser Höhe setzt üblicherweise bei mir das Gefühl ein, im Süden zu sein. Diesmal nicht, denn es ist noch stockdunkel draußen, und so bleibt mir der Blick auf die Weinberge verwehrt. Erst als wir Orange passieren, wird es langsam hell, und trotz des Frühnebels sind die berühmten Lavendelfelder zu erkennen. Als wir kurz vor Aix-en-Provence die A-7 verlassen und auf die A-8 wechseln, gibt Martin Gas. Statt der vorgeschriebenen Höchstgeschwindigkeit rast er mit hundertachtzig Sachen durch die Kurven. Ich weiß, er will endlich ankommen, dennoch weise ich ihn darauf hin, dass auf diesem Teilstück häufig geblitzt wird. An der Ausfahrt vierunddreißig verlassen wir die Autobahn. Von hier haben wir noch gute zwanzig Minuten vor uns, bis wir auf der ausgebauten Bergstraße die Küste erreichen. Ich bitte ihn, beim Bäcker anzuhalten. Als ich kurz darauf wieder in den Wagen steige, halte ich ihm das ofenwarme Baguette unter die Nase, damit er daran schnuppern kann. Er grinst zufrieden und sagt: »Ja, das riecht unverkennbar nach *Leben, wie Gott in Frankreich*«.

Als wir zu Hause vorfahren, gerät Jackson außer Rand und Band. Sein Winseln geht mir durch Mark und Bein, deshalb kann es mir nicht schnell genug gehen, die Haustür aufzuschließen. Sein klägliches Jammern schlägt in lautes, wütendes Bellen um. Damit will er mir sagen, dass ich es mir nicht noch einmal einfallen lassen soll, ihn so lange allein zu lassen.

»Nie wieder, mein Bester. Hoch und heilig versprechen wir dir, dass wir dich künftig immer mitnehmen werden«, versichere ich ihm und kraule mit beiden Händen seinen Kopf. Obwohl Martin von der langen Autofahrt todmüde ist, erklärt er sich zu einer kurzen Gassi-Runde bereit. Ich beschließe, währenddessen Kaffee zu kochen und unser Frühstück zuzubereiten. Die erste Mahlzeit in unserem neuen Domizil fällt sehr bescheiden aus, denn außer Butter befindet sich rein gar nichts im Kühlschrank. Allerdings ist die Auswahl an Konfitüren spektakulär. Ich entscheide mich für Pfirsich-Melone, öffne eins der vielen Gläser und will gerade den Tisch auf der überdachten Terrasse decken, als das Telefon klingelt. Ich melde mich, wie ich es seit über dreißig Jahren gewohnt bin mit »Talbach«. Es ist Nicole, die wissen will, ob wir zurück sind.

»Ja, wir sind gerade angekommen.«

»Ich wollte mich gerade auf den Weg machen, um

Jackson zu holen«.

»Du brauchst dich nicht mehr um ihn kümmern. Martin ist schon mit ihm draußen. Ganz lieben Dank fürs Hundesitting.«

Als sie ankündigt, gleich vorbeizukommen, um uns die Post zu bringen, bitte ich sie, erst nachmittags bei uns aufzuschlagen. Schließlich müssen wir dringend Schlaf nachholen.

»Sag das nie wieder!«, schimpft Martin, der mein kurzes Gespräch belauscht hat.

»Was soll ich nie wieder sagen?«

»Wie lautet dein Name? Etwa Talbach? Die Talbach-Zeiten sind Gott sei Dank vorbei, mein Schatz.«

»Stimmt. Macht der Gewohnheit«, lache ich und erhalte postwendend einen Klaps auf den Po. »Waren die Talbach-Zeiten denn so schlimm, dass du sogar den lieben Gott bemühen musst?«.

»Sie waren eindeutig zu lang. Meine Güte, Lotte, wenn ich daran denke, wie viel Zeit wir verschenkt haben, dann werde ich richtig wütend und traurig zugleich.«

Sein bekümmerter Blick lässt nur eine Handlung zu. Ich muss ihn umarmen. Dabei flüstere ich ihm ins Ohr, dass er an die Zeit denken soll, die vor uns liegt.

»Oder ist die weniger wert?«

»Im Gegenteil. Das werden unsere besten Jahre. Das ist ein Versprechen. Schließlich müssen wir uns nicht mehr krumm machen. Jetzt können wir unser Leben in aller Ruhe genießen. Die ganzen Aufregungen haben endlich ein Ende. Es wird keine bösen Überraschungen mehr geben. Wir beide wissen, was wir aneinander haben. Eifersuchtsdramen sind für die Zukunft ein für alle Mal ausgeschlossen. Unsere Kinder sind erwachsen. Sie bereiten uns auch keine Sorgen mehr. Wir können also seelenruhig in die Zukunft blicken.«

»Seelenruhig? Das klingt ja furchtbar!«

»Wieso furchtbar? Was meinst du?«

»Na, da könntest du auch gleich vorschlagen, dass wir uns schon mal nach einer Grabstätte umsehen sollen.«

»So habe ich das nun wirklich nicht gemeint.«

»Na, da bin ich aber beruhigt. Und ganz nebenbei, Martin. Wenn du glaubst, das Leben würde keine Überraschungen mehr für uns bereithalten, dann bist du ein Träumer erster Güte.«

Statt uns nach draußen zu setzen, nehmen wir das Frühstück in der Küche im Stehen ein. Wir bestreichen unser Baguette mit Konfitüre und trinken den Kaffee ohne Milch und Zucker.

»Ich weiß, Eigenlob stinkt, aber diese fruchtige Kreation ist mir wirklich hervorragend gelungen«, lobe ich mich und frage meinen Göttergatten, ob er es genauso sieht.

»Lecker, wie alle deine Marmeladen«, stimmt er mir zu.

»Ab morgen wird es mehr Auswahl geben. Ich werde

später einkaufen und alles besorgen, was dein Herz begehrt«, verspreche ich.

»Ich habe bereits alles, was ich brauche«, antwortet er und greift nach meiner Hand. Er neigt seinen Kopf und spitzt die Lippen. Ich muss mich auf Zehenspitzen stellen, um meinem Riesen den Wunsch nach einem Kuss zu erfüllen.

»War das etwa alles? Du speist mich mit einem lausigen Schmatzer ab?«, fragt er verwundert, als ich mich von ihm löse, um die Tassen und Teller in den Geschirrspüler zu stellen.

»Ich bin total erledigt, Schatz.«

»Und was ist mit unserer Hochzeitsnacht? Sollten wir die nicht langsam mal nachholen? Es wird Zeit, wir waren lange genug enthaltsam.«

»Es heißt doch Hochzeitsnacht! Jetzt ist es acht Uhr in der Früh, es ist taghell und die Sonne scheint.«

»In Amerika ist es jetzt Nacht«, kontert er und schaut mich vielsagend an. Ohne Vorwarnung schlingt er seine Arme um meine Hüften und hebt mich hoch. Sein Vorhaben, mich auf Händen ins Schlafzimmer zu tragen, endet bereits nach drei Schritten.

»Runter mir dir, Lotte. Schnell!« Noch bevor ich begreife, was er von mir will, lässt er mich fallen, und ich lande ungebremst auf meinem Hinterteil.

»Recht herzlichen Dank«, schimpfe ich und warte darauf, dass er mir die Hand reicht, um mir wieder aufzuhelfen. Aber er macht keine Anstalten, den

Kavalier zu spielen, sondern dreht mir wortlos den Rücken zu und stützt sich an der Wand ab.

»Alles in Ordnung, Martin?«

»Geht schon wieder«, stöhnt er.

»Können wir jetzt ins Bett gehen oder hast du noch weitere Attacken geplant?«

»Tut mir leid. Das war wirklich nicht meine Absicht.«

»Solche Spielchen lässt du künftig lieber bleiben, schließlich bist du nicht Hulk Hogan!«

Immer wieder höre ich ihn aufstöhnen, wenn er sich im Schlaf umdreht. Den Grund für sein Ächzen erfahre ich erst Stunden später.

»Ich glaube, ich habe einen Hexenschuss. Noch nie zuvor hatte ich solche Rückenschmerzen«, klagt er. Ob er aufstehen könne, will ich wissen. Unter lautem Jammern, zieht er sich die Hose an und bittet darum, dass wir den kurzen Weg zum Hotel-Restaurant mit dem Wagen zurückzulegen.

Wenn Martin ein Wort nicht ausstehen kann, dann ist es das Wort *Arzt*. Nicole setzt noch einen drauf und rät ihm, ins Krankenhaus nach Nizza zu fahren und sich eine Spritze verabreichen zu lassen.

»Auf gar keinen Fall!«, erwidert er und nimmt mit schmerzverzerrtem Gesicht auf dem Stuhl vor dem Stammtisch Platz. Zusammen mit der Tageskarte reicht Nicole uns einen kleinen Bastkorb, in dem sich unsere

Post der letzten Tage befindet. Es handelt sich vornehmlich um Schreiben ortsansässiger Handwerker, die Angebote für den anstehenden Umbau abgegeben haben. Martin überfliegt nur die Zahlen und bittet mich, den Text für ihn zu übersetzen.

»An deinen Französischkenntnissen musst du arbeiten«, rate ich ihm. Wenn er es hier geschäftlich zu etwas bringen will, sind Sprachkenntnisse unumgänglich. Mit Deutsch und seinem perfekten Englisch ist er in Frankreich hoffnungslos verloren. Das war schon immer so und wird sich auch in Zukunft nicht ändern.

Endlich ist mein Traum wahr geworden. Ich lebe mit meinem geliebten Mann an dem Ort, der mir alles bedeutet. Sollte ich nicht eigentlich glücklich und zufrieden sein? Ja, das sollte ich. Aber ich bin es nicht. Zu tief sitzt der Schmerz über den Verlust meiner besten Freundin. Doch trübe Stimmung ist im Hause Seibert strengstens untersagt. Mal wieder schaue ich gedankenversunken an die Decke, als Martin neben mir erwacht. Er streicht liebevoll über mein Gesicht und versucht, mich aufzumuntern. Mit den Worten »Ich bin jetzt für dich da. In allen Lebenslagen. Hörst du?«, bemüht er sich, meine traurigen Gedanken zu verscheuchen. Ohne den Blick von mir abzuwenden, greift er hinter sich, öffnet die Nachttischschublade und holt die Packung mit den Schmerztabletten hervor.

»Wie viele hast du schon genommen?«, will ich wissen.

»Nur eine täglich.« Ich bin mir sicher, dass er maßlos untertreibt. Da ich kein Freund von Selbstmedikation bin und die Meinung vertrete, dass das unkontrollierte Einnehmen von Schmerztabletten keine Lösung ist, sage ich: »Noch heute fahre ich dich …«

»Nicht zum Arzt!«

»Keine Sorge. Ich bringe dich zu Marie. Sie wird dich schon wieder auf Vordermann bringen.«

»Wer ist Marie?«

»Marie Martin. Auch eine Hamburgerin. Sie betreibt ein kleines SPA im Ort. Gleich neben dem Mató-Bistro, wo wir die leckeren Muscheln gegessen haben.«

»Neben der Musikkneipe? Ich dachte, da wäre ein Frisör.«

»Der Frisör ist an der Ecke. Dort besorge ich dir auch gleich einen Termin.«

»Wieso denn das? Ich war doch erst zum Haareschneiden.«

»Deine Frisur sieht aus wie die von Howard Carpendale!«

»Und das ist nicht gut?«

»Na ja … Wer auf deutsche Schlagersänger steht, dem mag das gefallen. Aber ich stehe mehr auf Rock und Pop«, lache ich ihn aus.

»Lotte Seibert, du bist ganz schön keck. Du nutzt meine Situation schamlos aus. Sobald ich wieder fit bin, werde ich dir den Hintern versohlen.«

Während ich im Bistro gemütlich in der Sonne einen Kaffee trinke, kümmern sich Marie und ihr Physiotherapeut um Martins Rückenprobleme. Mit versteinerter Miene, aber immerhin in aufrechter Körperhaltung, kommt er wenig später zurück und erklärt, dass er und diese sadistische Knochenbrecherin in diesem Leben keine Freunde mehr werden.

»Dein Mann ist ein Weichei«, ruft Marie zu uns rüber und grinst. »Ein typischer Schreibtischtäter. Wir sehen uns morgen wieder, Martin. Und wehe du erscheinst nicht pünktlich! Ich weiß nämlich, wo dein Haus wohnt«, droht sie ihm mit einem breiten Lächeln. Ich mag Marie. Sie war mir auf Anhieb sympathisch. Vielleicht liegt es daran, dass wir im gleichen Alter sind und beide aus Hamburg kommen. Wie auch immer. Ich finde sie nett. Anders als Martin könnte ich mir durchaus vorstellen, mit ihr befreundet zu sein.

Weil Marie ihm geraten hat, sich zu schonen, erhält Monsieur Seibert seit nunmehr drei Wochen sein Frühstück von mir ans Bett. Kurz darauf bezieht er seine Kommandozentrale, die er sich auf der Hängematte eingerichtet hat. Ist es nicht genug ihm Eistee zu servieren, ihm die Zeitung und sein Smartphone zu reichen, regelmäßig das Kissen in seinem Nacken aufzuschütteln und ihm eine leichte Decke über die Beine zu legen, sobald sich nur eine kleine Wolke vor die Sonne schiebt? Nein, das scheint ihm nicht zu genügen. Nun hat er mir auch noch vertrauensvoll die Bauleitung übertragen.

Ich bewege mich seit Tagen nur noch im Laufschritt zwischen Haus und Hotel hin und her, führe alle Gespräche mit den Handwerkern, nehme die Lieferungen der Möbel und der Computer-Hardware entgegen, packe sie aus und stelle sie an den vorgesehenen Platz. Zwischendurch fahre ich zum Einkaufen, koche Essen und führe den Hund aus, während er in bequemer Käferstellung die schönen Sommertage genießt. Als Dank für meine Mühe erhalte ich ein Küsschen auf die Stirn. Ich habe genug von seinen Küsschen auf die Stirn und stehe kurz vor der Explosion

»Wenn du nicht willst, dass ich eine Pflegestufe für dich beantrage, dann beweg endlich deinen Hintern! So habe ich mir meinen Honeymoon nicht vorgestellt!«

»Ich soll mich schonen, Lotte. Oder willst du, dass ich einen Rückfall erleide?«

»Du hast Angst vor einem Rückfall? Ich stehe kurz vor einem Anfall! Davor solltest du dich fürchten!«

Ziemlich verwundert schaut er mich an. Aber mein Gesichtsausdruck macht ihm klar, dass ich es bitterernst meine.

»Ich wusste gar nicht, dass du so kaltherzig sein kannst.«

»Ich bin weder kaltherzig, noch bin ich blind. Du simulierst, mein Lieber! Sobald du mich außer Reichweite wähnst, bewegst du dich ganz normal. Streite es nicht ab! Ich habe deinen lockeren Gang sehr wohl bemerkt, als du aus dem Bad gekommen bist.«

»Das waren ja auch nur drei Schritte.«

»Genau. Und ab morgen bestehe ich auf mindestens fünfzig Schritte, sonst …«

»Sonst was?«

»Sonst rufe ich deine Mutter an und bitte sie herzukommen. Linde wird dir schon Beine machen!«

»Wehe!«

»Ich spaße nicht! Überleg es dir.«

»Wo willst du denn jetzt hin?«

»Ich fahre in den Ort. Heute bleibt die Küche kalt. Ich esse im Mató und werde mir endlich mal einen vergnüglichen Abend gönnen.«

»Du musst nicht kochen. Wir können doch auch was im Restaurant bestellen. Nicole bringt uns bestimmt gern etwas vorbei.«

»Lass dir von ihr *Essen auf Rädern* liefern! Ich werde dieses Sanatorium heute definitiv verlassen.«

»Lotte?«

»Was?«

»Du bist meine Frau, und ich darf doch wohl erwarten ...«

»Na bravo, Glückwunsch, es ist dir doch noch eingefallen, dass ich deine Frau bin«, unterbreche ich ihn. »Ich habe schon befürchtet, du würdest tatsächlich annehmen, ich wäre deine unbezahlte Pflegekraft.«

»Lotte?«

»Schönen Abend noch.«

Heute Abend ist es unverhältnismäßig kühl, und ich bin in meinem leichten Sommerkleid eindeutig zu dünn angezogen. Gut, dass der Wirt diese pilzförmigen Heizstrahler aufgestellt hat. In unmittelbarer Nähe dieser Wärmespender werde ich mir auf der Terrasse einen freien Platz suchen, mir Muscheln und einen halben Liter trockenen Wein bestellen. Weiß, Rot oder Rosé. Vielleicht gönne ich mir auch einige Cocktails und verzichte aufs Essen. Der Mató Spezial ist lecker und hat es in sich. Wie ich danach wieder zurückkommen soll, ist mir in diesem Moment völlig egal. Ich kann mir notfalls ein Taxi rufen. Hauptsache ich bin endlich mal wieder unter Menschen. Und zwar unter gesunden!

Marie hat mich sofort erkannt und winkt mich zu ihrer Damenrunde. Ich nehme auf dem letzten freien Stuhl am Vierertisch Platz. Neben ihr sitzen Sarah und Claire. Wer Claire ist, weiß ich. Sie ist die Besitzerin des Frisiersalons. Sarah, die mit auffällig bayerischem

Akzent spricht, wird mir als Claires Lebensgefährtin und Maries beste Freundin vorgestellt. Ob ich sie aus dem Fernsehen kennen würde, will Marie wissen, und erklärt, dass Sarah in den Neunzigern eine bekannte Fernsehmoderatorin gewesen sei und bis vor Kurzem sehr erfolgreich Maries Kosmetik bei einem Shoppingsender verkauft habe. Ich bin mir absolut sicher, Sarah heute zum allersten Mal zu sehen.

»Wie geht es deinem Mann? Ist sein Rücken wieder in Ordnung?«

»Da bin ich mir ziemlich sicher, auch wenn er das Gegenteil behauptet«, antworte ich und gebe den Damen eine kleine Kostprobe meiner arbeitsreichen Flitterwochen. Sarah schüttelt sich vor Lachen und meint, es doch bekannt, dass Männer zur Hypochondrie neigen würden.

»Bei ihnen ist ein Husten gleich eine Lungenentzündung. Sie geben sich auch nicht mit einer Erkältung zufrieden. Männer leiden grundsätzlich unter einer schweren Grippe. Bei ihnen ist erhöhte Temperatur gleich hohes Fieber.«

»Sie kennen auch keine leichten Kopfschmerzen, Männer haben einen akuten Migräneanfall«, stimmt Claire ihr zu. Die Frauen finden es lustig. Ich nicht.

»Aber das passt gar nicht zu Martin. Eigentlich ist er sehr umtriebig, beinahe ruhelos. Er muss ständig Action haben, alles selbst in die Hand nehmen, Entscheidungen treffen und jetzt das. Ich dachte, wir würden segeln, gemeinsam kochen oder wenigstens zusammen an den Strand fahren. Wisst ihr, dass ich noch nicht ein Mal im Meer gebadet habe, seitdem wir hier wohnen?«

»Nicht? Na, dann wird es aber höchste Zeit« wundert sich Marie und klatscht in die Hände. Sie erhebt sich vom Stuhl und fordert uns auf, sie in ihr SPA zu begleiten.

Ohne das große Licht anzuknipsen, zieht sie mit einem Handgriff einen Karton mit Badeanzügen und Bikinis unter dem Tresen hervor und bietet an, uns zu bedienen.

»Ihr habt die freie Auswahl.«

»Du willst jetzt wirklich schwimmen? Es ist stockdunkel«, merkt Sarah an.

»Genau. Keiner wird deine Orangenhaut sehen können. Nun mach schon! Sei mal wieder spontan!«

»Ich habe keine Orangenhaut«, empört sich die Bayerin.

»In Fachkreisen nennt man diese Kraterlandschaft auf deinen Oberschenkeln aber so. Das solltest du als ehemalige Beauty-Expertin eigentlich wissen«, stichelt Marie und wirft mir einen Bademantel zu.

»Wenn ich tatsächlich Cellulitis haben sollte, dann spricht das nicht gerade für die Wirksamkeit deiner Kosmetik«, kontert Sarah.

»Nun hör auf zu maulen und komm mit, du altes Faultier!«, sagt Marie und hakt sich bei ihr ein.

Die Gäste im Bistro staunen nicht schlecht, als wir Grazien in unseren weißen Bademänteln im Gänsemarsch den Zebrastreifen überqueren.

»Ihr vier seht aus wie die Beatles! Genau wie auf dem Cover *Abbey Road*«, ruft der Wirt uns hinterher.

»I'd like to be ...Under the sea ...In an octopus's garden ...In the shade ...«, singt Claire. Was die Songs von Paul, John, George und Ringo angeht, bin ich absolut textsicher und stimme mit ein. Allerdings nur, solange ich den feinen Sand unter meinen Füßen spüre. Als ich den Fuß ins Wasser setze, verstumme ich augenblicklich. Ich überwinde mich aber schnell und tauche unter, ohne viel Tara zu machen. Sarah hingegen schimpft, dass es eine absolute Schnapsidee gewesen sei, Maries Vorschlag zuzustimmen.

»Du hast einen Oberknall. Das Meer hat keine zwölf Grad!« Ich finde, dass sie maßlos übertreibt. So kalt ist es nun wirklich nicht.

»Das strafft dein Bindegewebe, mein Dickerchen«, lästert unsere Rädelsführerin weiter. Cellulitis-Sarah macht drei kräftige Schwimmzüge auf Marie zu und fragt: »Wolltest du nicht mehr Wasser trinken? Hast du das nicht vollmundig verkündet? Na, dann trink mal schön!« Kurzerhand drückt sie Marie mit voller Kraft unter Wasser. Claire lacht und meint, ich solle mir nichts dabei denken, die beiden würden immer so liebevoll zueinander sein.

»Das schockt mich nicht. Ich bin viel Schlimmeres gewohnt«, antworte ich und denke sofort an Anja. Mit der festen Absicht, morgen bei ihren Mädchen in Hamburg anzurufen, schwimme ich an Land.

Nach dem Umziehen will ich mich verabschieden, aber die Damenrunde besteht darauf, dass wir den Abend mit einem Absacker beschließen. »Etwas zum Aufwärmen für den Frostködel Sarah«, sagt Marie und bestellt beim Kellner viermal *Tote Tante Spezial* für uns. Ich habe keine Ahnung, was mich jetzt erwartet. Erst als ich am heißen Kakao mit Schuss nippe, erkenne ich den Drink. Mir ist das warme Mixgetränk als *Lumumba* bekannt. Allerdings schmeckt dieser nicht nur nach Rum. Ich möchte gern wissen, was noch alles darin enthalten ist.

»Das verraten wir dir nächsten Donnerstag, wenn wir wieder unseren nächsten Frauenabend haben. Wir dürfen doch mit dir rechnen, Lotte?«

»Ich komme sehr gern!«, antworte ich und winke mir ein Taxi heran.

Als ich zu Hause ankomme, liegt Martin schon im Bett. Ich nehme eine kurze Dusche, um Haut und Haare vom Salzwasser zu befreien, dann schlüpfe ich zu meinem Hypochonder unter die Decke.

Nur vorübergehend

Die gute Nachricht ist, dass Martin wieder zu alter Form gefunden hat, die schlechte, dass der Sommer vorbei ist. Die Sonne hat sich hinter dicken Wolken versteckt und es weht ein rauer Wind. Immerhin ist es trocken. Anders als in Hamburg, denn dort regnet es in Strömen, wie Julian mir gerade am Telefon berichtet. Er fragt, ob seine Jungs während der Herbstferien bei uns willkommen sind.

»Na selbstverständlich«, antworte ich und wundere mich über diese überflüssige Frage. Er sollte doch wissen, wie sehr ich mich auf den Besuch meiner Enkel freue. Insbesondere, weil der geplante Aufenthalt im Sommer ausgefallen ist. Gleich nachdem er auflegt, rufe ich bei Lena an. Aber wie schon die Tage zuvor, meldet sie sich nicht. Ich hinterlasse eine Nachricht und versuche es bei Lisa, aber auch bei ihr läuft nur die Mailbox.

»Da stimmt doch was nicht. Wieso gehen die Mädchen seit Tagen nicht ans Telefon?« Martin schaut auf die Uhr und meint, dass sie bestimmt noch in der Schule seien. »Und weshalb melden sie sich nie zurück? Ich habe ihnen schon unzählige Nachrichten hinterlassen und sie gebeten, mich anzurufen.« Sein Spruch, dass ich mir keine Sorgen machen solle, beruhigt mich nicht. Natürlich mache ich mir Sorgen. Nur weil ich nicht mehr um die Ecke wohne, bedeutet das nicht, dass ich mich nicht für die beiden verantwortlich fühle. Ich habe versprochen, mich um sie zu kümmern und genau das werde ich auch tun. Noch immer habe ich die Rufnummer der Alten Mühle als Kurzwahl gespeichert und rufe Gerald an. Er soll mir bestätigen, dass alles in Ordnung ist und ich mir völlig unnötig Gedanken mache. Aber das sagt er nicht.

»Die Mädchen sind ausgezogen. Schon vor einer Woche haben sie ihre Koffer gepackt. Wohin sie gegangen sind, haben sie mir nicht gesagt. Es interessiert mich auch nicht. Schließlich sind sie nicht meine leiblichen Töchter.«

»Bitte?«, schreie ich hysterisch in den Hörer.

»Reisende soll man nicht aufhalten.«

»Bist du blau, Gerald?«

»Nein, ich bin stocknüchtern. Entschuldige, Lotte, aber ich habe zu tun. Ich muss zurück in die Küche, wir stecken mitten im Mittagsgeschäft.« Dann legt er auf.

»Das gibt es doch nicht!«, rufe ich erbost und berichte Martin von dieser Ungeheuerlichkeit.

»Ja spinnt der denn? Er kann Lena und Lisa doch nicht einfach ihrem Schicksal überlassen.« Ich bin außer mir und ringe nach Luft. Was ich nun vorhabe, will Martin wissen. »Wir müssen dringend nach Hamburg. Ich muss wissen, was dort gerade abgeht.«

»Das geht nicht. Wir stehen kurz vor der Eröffnung. Übermorgen findet das erste Seminar statt. Ich kann hier jetzt nicht weg.«

»Dann fliege ich allein.«

»Hältst du das wirklich für nötig?«

»Für bitternötig, Martin.«

Leider habe ich keinen Direktflug bekommen und musste notgedrungen einen Zwischenstopp in Stuttgart einlegen. Nun wird aus meinem Plan, die Mädchen in der Schule aufzusuchen, nichts mehr, denn als ich nach sechs Stunden in Hamburg lande, ist schon später Nachmittag. Ich lasse mich mit einem Taxi nach Hause bringen. Ohne das Haus zu betreten, steige ich in meinen Kombi und fahre auf direktem Weg zu Gerald. Er soll mir ins Gesicht sagen, was passiert ist.

Als ich vor der Alten Mühle einparke, ist das Lokal noch geschlossen, aber das hindert mich nicht daran, einzutreten. Wie früher nehme ich den Hintereingang und gehe direkt in die Küche. Die Beiköche sind schon mit den Vorbereitungen für das Abendgeschäft beschäftigt und schneiden Gemüse, parieren Fleisch und hacken Kräuter. Vom Chef ist nichts zu sehen.

»Ist Gerald oben?«, frage ich, bekomme aber keine Antwort. Statt geduldig auf sein Erscheinen zu warten, gehe ich die Treppe hinauf und will klingeln, aber weil die Wohnungstür bereits weit offen steht, klopfe ich nur kurz an die Zarge und trete ich ein. Meine Güte, wie sieht es denn hier aus? Auf dem Boden liegen überall Klamotten verstreut. Bei genauerem Hinsehen ist zu erkennen, dass es sich um schmutzige Kochjacken, Hosen, Socken und Unterwäsche handelt. Ich mache mich bemerkbar und rufe: »Gerald, bist du da?«, doch er scheint nicht hier zu sein. Dann schaue ich ins Wohnzimmer und entdecke auf dem Tisch zwischen leeren Schnaps- und Bierflaschen zwei Handys. Ich vermute, dass es sich um die Telefone der Mädchen handelt, denn genau diese Modelle habe ich ihnen vor meiner Abreise geschenkt. Hundertprozentige Gewissheit habe ich erst, als ich die Geräte anstelle. Kein Wunder, dass sie sich nicht zurückgemeldet haben, denke ich. Wie denn auch? So, wie es aussieht, haben sie meine Anrufe gar nicht erhalten. Beunruhigt stecke ich die Handys in meine Tasche.

Ich schaue mich weiter um und werfe einen Blick in die Küche, ins Bad und ins Schlafzimmer. Der einzige Raum, in dem kein Chaos herrscht, ist das Zimmer der Mädchen. Ich öffne ihren Schrank. Er ist bis auf einige Plastikbügel völlig leer. Mir reicht, was ich gesehen habe, und gehe wieder hinunter.

»Kann mir einer von euch sagen, was hier geschehen ist? Warum sind Lisa und Lena ausgezogen?«, frage ich die Köche.

»Das ist die Privatsache vom Chef. Da stecken wir uns nicht rein. Besser Sie fragen Lena und Lisa selbst«, sagt der Mann am Gemüseposten und schiebt mich unwirsch zur Seite.

»Wissen Sie, wo die beiden jetzt sind?«, frage ich in die Runde. Ich ernte allgemeines Kopfschütteln. Ohne mich eines Blickes zu würdigen, arbeiten sie stur weiter. Die Gleichgültigkeit dieser Leute treibt mich zur Weißglut. Wutentbrannt nehme ich zwei große Topfdeckel in die Hände und schlage sie so lange lautstark gegeneinander, bis ich endlich ihre ungeteilte Aufmerksamkeit erhalte.

»Die beiden kommen schon klar«, meint ein Kellner, der im offenen Türrahmen steht und einen Blick auf die Abendkarte wirft.

»Die beiden haben erst kürzlich ihre Mutter verloren«, entrüste ich mich.

»Lena und Lisa sind keine kleinen Kinder mehr. Was willst du überhaupt hier, Lotte? Ich denke, du lebst jetzt in Südfrankreich.« Ich drehe mich um und stehe Gerald gegenüber.

»Und ich dachte, dass ich mich auf dich verlassen kann. Wie konntest du sie nur gehen lassen?«

»Was geht es dich an?«, sagt er lapidar und bindet sich eine Schürze um.

»Sag mal, tickst du noch …«, setze ich an, doch ich komme gar nicht dazu, ihn zu beschimpfen.

»Mach ’ne Fliege, Lotte! Die Zeiten, in denen du hier freien Zutritt hattest und dich ungefragt einmischen konntest, sind vorbei. Ich sage dir, dass du hier unerwünscht bist. Das Gleiche gilt auch für deinen ach so tollen Martin. Richte ihm aus, dass ich ihm eine Gerade verpassen werde, sollte er es wagen, hier noch einmal aufzutauchen. Das hier ist mein Lokal. Hiermit erteile ich dir und allen Kerlen, die es mit meiner Frau getrieben haben, Hausverbot!«

»Anjas Seitensprünge sind der Grund für dein mieses Verhalten? Deshalb lässt du deine Wut an ihren unschuldigen Töchtern aus?«

»Deine Freundin war ein durchtriebenes Miststück! Und ihre Mädchen sind alles andere als unschuldig. Geh jetzt! Oder muss ich tatsächlich die Polizei rufen?«

Im ersten Moment bin ich sprachlos, was nicht häufig vorkommt. Ich schaue in sein aufgedunsenes Gesicht und sage: »Anja hat nicht übertrieben. Du bist wirklich ein absoluter Scheißkerl.«

Es ist nicht nötig, dass er die Polizei ruft. Ich verlasse das Lokal freiwillig. Mit einem lauten Knall schlage ich die Tür hinter mir ins Schloss und gehe laut fluchend zum Parkplatz.

Auf der Fahrt zu meinem alten Zuhause telefoniere ich mit Martin. Auch er zeigt sich entsetzt über Geralds Verhalten und kann sich keinen Reim auf sein barsches Benehmen machen. Gerade tauchen die Bilder des weinenden Witwers vor meinem inneren Auge auf. War seine Trauer etwa nur vorgetäuscht? Wenn das der Fall war, dann ist er ein verdammt guter Schauspieler und sollte sich künftig statt fettige Schnitzel zu braten, um ein Engagement im Hamburger Schauspielhaus bemühen.

»War Gerald betrunken?«

»Nein, er war nüchtern. Du hättest die Wohnung sehen sollen. Dort sah es aus wie auf einem Schlachtfeld. Gut, dass ich jetzt hier bin. Gleich morgen werde ich zur Schule fahren, um Lena und Lisa noch vor Unterrichtsbeginn abzufangen.«

»Und dann?«

Ja, das wüsste ich auch gern.

Meine Mitarbeiter haben schon längst Feierabend gemacht, und so gibt es niemanden, den ich begrüßen kann, als ich mein altes Zuhause betrete. Ich knipse das Licht an und gehe auf direktem Weg in unsere Wohnung. Mit einer Flasche Wasser und einem Glas setze ich mich ins Wohnzimmer und melde mich bei Julian. Er soll wissen, dass seine Mutter wieder in der Stadt ist. Auch er erhält eine kurze Zusammenfassung und den Grund für mein spontanes Auftauchen.

»Haben sich die Mädchen mal bei dir gemeldet?«, frage ich, aber er verneint.

»Wenn du im Besitz ihrer Telefone bist, dann ruf doch bei ihren Freunden an. Sie werden die wichtigsten Rufnummern doch bestimmt gespeichert haben«, schlägt er vor. Auf diese Idee hätte ich auch selbst kommen können, denke ich und setze seinen Ratschlag sofort in die Tat um. Schon der dritte Versuch ist ein Treffer. Ein gewisser Markus weiß, wo Lisa ist.

»Sie ist hier bei mir. Moment, ich reiche das Telefon weiter.« Sie zeigt sich verwundert über meinen Anruf und versichert auf meine Nachfrage, dass es ihr gut gehe und kein Grund zur Aufregung bestünde.

»Ich bin im Bilde, Lisa. Du brauchst mir nichts vorzumachen. Ich weiß, dass du und Lena nicht mehr in der Alten Mühle wohnt. Nur warum, ist mir noch nicht klar.«

»Wie kommst du denn darauf?«, lacht sie gekünstelt und behauptet steif und fest, dass bei ihnen alles in Ordnung sei.

»Ich habe mich persönlich davon überzeugt und einen Blick in euren leeren Kleiderschrank geworfen. Also hör auf, mir Theater vorzuspielen.«

»Du bist in Hamburg? Warum denn das?«

»Ich bin euretwegen gekommen, und möchte noch heute mit dir und Lena sprechen. Wo steckt deine Schwester?«

»Bei einer Freundin«, antwortet sie kleinlaut.

»Ruf sie sofort an und dann setzt euch umgehend in Bewegung. Ich warte zu Hause auf euch.«

Die Geschwister treffen nicht gemeinsam ein. Die Erste ist Lena, die mir gleich nach dem Öffnen der Haustür weinend um den Hals fällt.

»Du solltest gar nichts von unserem Desaster erfahren, aber nun bin ich heilfroh, dass du hier bist«, schluchzt sie und folgt mir in die Wohnung. Unter Tränen berichtet sie mir von den Vorkommnissen der letzten Wochen.

»Mama war gerade unter der Erde, da hat Gerald sein wahres Gesicht gezeigt. Er ist ein Tyrann; ein Sklaventreiber erster Güte. Als ich ihm gesagt habe, dass Lisa und ich nicht mehr als kostenlose Arbeitskräfte zur Verfügung stehen, hat er uns vor die Wahl gestellt. Entweder wir helfen oder wir müssen gehen. Notgedrungen haben wir uns gebeugt und jeden Abend bis nach zehn in der Küche und im Service gearbeitet. Eines Abends hat er Lisa dabei erwischt, wie sie sich zwanzig Euro aus der Kasse genommen hat. Es gab einen Riesenkrach, der damit endete, dass er uns einfach vor die Tür gesetzt hat. Sie hat sich nur zwanzig Euro genommen! Ein Witz, wenn man bedenkt, dass Mama ihr ganzes Geld in die Alte Mühle gesteckt hat. Jetzt stehen wir völlig mittellos da, denn angeblich gibt es kein Testament.«

So langsam dämmert es mir und ich fange an zu begreifen, weshalb Gerald mir weiteren Zutritt verwehrt und den Mädchen die Handys abgenommen hat. Er fürchtet, dass ich Lena und Lisa zu ihrem Recht verhelfe, und genau das werde ich auch tun. Anja hat zu Lebzeiten alle Ersparnisse und den Verkaufserlös ihrer Doppelhaushälfte in seinen Betrieb investiert. Wenn

Gerald tatsächlich glaubt, er könne sich nun alles unter den Nagel reißen, dann hat er die Rechnung ohne Charlotte Seibert gemacht.

Behutsam streiche ich Lena die Tränen aus dem Gesicht und frage: »Warum habt ihr mich nicht sofort angerufen?«

Noch bevor sie mir antworten kann, klingelt es. Lisa ist gekommen. Als ich ihren flüchtigen Begrüßungskuss auf die Wange erhalte, rieche ich sofort, dass sie Alkohol getrunken hat. Anja hätte ihr sofort eine Ansage gemacht, aber ich verzichte in diesem Moment auf eine Predigt und nehme sie nur fest in den Arm.

»Alles wird gut, Lisa. Mach dir keine Sorgen. Ich bin jetzt da.«

Ich schlage vor, zunächst etwas zu essen, bevor wir Pläne für die Zukunft machen. Mit vollem Magen sollte es uns leichter fallen, wichtige Entscheidungen zu treffen. Ich rufe beim Lieferservice an und bestelle Pasta und Calzone für uns.

Während wir uns die Rigatoni al forno als Vorspeise teilen, erzählt Lena mir von der Möglichkeit, das kommende Schulhalbjahr in Australien absolvieren zu können. Als Klassenbeste hat sie für den Schüleraustausch sogar eine Empfehlung erhalten, allerdings war Gerald nicht bereit, die Kosten für die Reise zu übernehmen.

»Dieser miese Abzocker!«, schimpfe ich.

Obwohl die Mädchen keine Erinnerung an ihn haben, ringe ich mich durch, sie nach Gunther, ihrem Erzeuger zu fragen. Ihn Vater zu nennen, scheint mir nicht angebracht, denn diese Bezeichnung verdient er nicht. Er hat sich noch vor Lisas Geburt aus dem Staub gemacht. In Gedanken höre ich Anja schimpfen, als sie mir hochschwanger von der Trennung berichtet hat.

»Der soll bleiben, wo der Pfeffer wächst!«.

Das kurze Interesse an seinen Töchtern beschränkte sich auf das Schreiben von Weihnachts- und Glückwunschkarten, die Anja jedes Mal sofort nach Erhalt spektakulär verbrannt hat. »Statt kitschige Postkarten zu schicken, sollte er lieber Alimente zahlen«, erboste sie sich. Doch darauf hat sie vergeblich gewartet.

»Das Jugendamt hat ihn angeschrieben, aber bis jetzt hat er sich noch nicht zurückgemeldet«, sagt Lena.

»Das kann er auch getrost bleiben lassen. Auf keinen Fall werde ich zu ihm nach Lübeck ziehen. Das kann sich diese blöde Tussi vom Amt abschminken. Was denkt sich diese Zicke nur? Ich kenne diesen Typen doch gar nicht! Statt sich einzumischen, soll sie lieber dafür sorgen, dass wir endlich unsere Halbwaisenrente ausbezahlt bekommen. Schließlich kann ich nicht von Markus erwarten, dass er mich ständig durchfüttert«, entrüstet sich Lisa.

»Ich könnte Gerald den Hals umdrehen!«, schimpfe ich. Aber weil ich weiß, dass das auch keine Lösung ist, rufe ich Martin an und frage ihn um Rat.

»Überlass den Mädchen doch vorübergehend unsere Wohnung«, schlägt er vor.

»Damit wärst du einverstanden?«

»Wenn es dazu dient, dass du wieder zurückkommst.«

»Na sicher komme ich zurück. Was hast du denn gedacht?«

»Ehrlich? Ich habe schon befürchtet, dass ich meinen Posten völlig umsonst aufgegeben habe, weil du nun wieder nach Hamburg ziehen willst.«

»Kompletter Unsinn!«

»Da fällt mir aber ein Stein vom Herzen.«

Ich verspreche, morgen ganz fest an ihn zu denken und ihm für das erste Seminar beide Daumen zu drücken. Wir schicken uns noch Küsse durchs Telefon, dann lege ich auf.

Mittlerweile ist die Pizzatasche erkaltet und ich verzichte zu später Stunde auf diese Kalorienbombe. Vielmehr verkünde ich den Mädchen, dass sie ab sofort eine neue Unterkunft haben. Sie bekommen die Telefone zurück und ich frage: »Kann ich mich auf euch verlassen?« Die beiden nicken simultan. Nun ist es beschlossene Sache.

Ich reise nicht ab, ohne zuvor mit der Schulleitung zu sprechen. Der Rektor ist ein richtiger Stinkstiefel. Gleich nachdem ich ihm eröffne, dass Lisa und Lena vorübergehend in meinem Haus wohnen, fällt er mir ins Wort.

»Ich weiß nicht, ob ich das gutheißen soll. Die beiden sind minderjährig, und Sie sind nicht erziehungsberechtigt. Um Lena mache ich mir keine Sorgen. Sie wird schon bald volljährig und ihren Weg machen. Aber was Lisa angeht …«, sagt er und bricht mitten im Satz ab.

»Was ist mit Lisa?«

»Sie ist ein Problemfall.«

»Was ist denn das für eine Formulierung?«, frage ich und muss sofort an den Braunbären Bruno denken, der vor einigen Jahren von der Bayerischen Staatsregierung als Problembär eingestuft und trotz massiver Proteste der Bevölkerung zum Abschuss freigegeben wurde.

»So wie sie sich verhält, wird sie das Klassenziel nicht erreichen.«

»Wie soll sich denn Ihrer fachlichen Meinung nach ein Teenager verhalten, der gerade seine Mutter verloren hat?« Auf diese Frage hat der ausgebildete Lehrer und Erzieher auch keine Antwort und schweigt. Nachdem er mich sekundenlang stumm mit seinen hervorstehenden Augen angestarrt hat, sagt er: »Wenn Sie mich fragen, dann würde ich dafür plädieren, dass Lena am

Schüleraustausch teilnimmt und Lisa mit einem Realschulabschluss die Schule verlässt.«

»Sie empfehlen allen Ernstes, die Geschwister in dieser Situation zu trennen?«, empöre ich mich. Und so was nennt sich Pädagoge!

Mit einem vollen Einkaufskorb fahre ich noch einmal zurück ins Haus. Mit der Absicht, nicht nur den Kühlschrank zu bestücken, sondern auch meine treuen Mitarbeiter über die neuen Bewohner zu informieren, parke ich vor der Hausnummer 12. Noch bevor ich aussteigen kann, hat mich mein neugieriger Nachbar von gegenüber entdeckt. King Kong ruft über die Straße: »Na, wieder da? Das war aber eine kurze Auswanderung.«

»Du irrst dich! Ich bin nur auf Stippvisite hier.«

Weil ich ihm nicht die Gelegenheit geben will, mich in ein nicht enden wollendes Gespräch zu verwickeln, denn das würde diese Plaudertasche garantiert tun, winke ich ihm nur kurz zu und schließe hastig die Haustür auf. Meine Crew staunt nicht schlecht, als ich die Küche betrete.

»Was wird denn hier gefeiert?«, frage ich erstaunt, als ich sehe, dass mehrere leere Weinflaschen auf dem Arbeitstisch stehen. Habe ich etwa den Geburtstag einer meiner Mitarbeiter vergessen?

»Hier wird nicht gefeiert. Den Wein brauchen wir für unseren neuen Riesling-Senf. Weißwein, Apfelessig,

Senfsaat, Honig und Meersalz. Willst du kosten?«, fragt Sören und reicht mir einen Löffel zum Probieren.

»Ihr habt ohne Rücksprache das Sortiment erweitert?«, frage ich irritiert. Ich finde, das hätte mein Geschäftsführer vorher mit mir absprechen müssen, und nehme eine Kostprobe. Für meinen Geschmack ist die Komposition viel zu süß.

»Aber genau so hat es der Auftraggeber gewünscht«, antwortet er beleidigt. »Bist du etwa gekommen, um uns einen Kontrollbesuch abzustatten?«

»Unsinn«, antworte ich und schaue mir die Etiketten an, auf denen in geschwungenen Buchstaben *Winzergold Riesling-Senf* geschrieben steht. Sören hat ganz allein einen Neukunden an Land gezogen, stelle ich anerkennend fest. Mal wieder wird mir klar, dass ich hier nicht mehr gebraucht werde. Das Geschäft läuft auch ohne mich zu meiner vollsten Zufriedenheit.

»Anjas Mädchen sind oben eingezogen. Würdet ihr mir den Gefallen tun und ein Auge auf die beiden werfen?«

Sie versprechen es, und ich kann beruhigt den Rückweg antreten.

Zufrieden, die Angelegenheiten in Hamburg vorübergehend geklärt zu haben, lande ich nach zwei Tagen Abwesenheit in Nizza. Weil ich weiß, dass Martin zu dieser Stunde mit seinen Seminarteilnehmern beschäftigt ist, rufe ich ihn nicht an. Als ich eine Stunde später das Hotelgelände erreiche, wundere ich mich über den leeren Parkplatz. Statt auf direktem Weg zu unserem Haus zu fahren, stoppe ich und gehe zur Rezeption. Nicole steht am Empfang und telefoniert. Sie winkt mir zu und signalisiert per Handzeichen, dass ich nicht gleich wieder gehen, sondern einen Moment warten soll. Als sie auflegt, frage ich: »Na, alles klar? Wie ist die Premiere gelaufen?« Sie verzieht das Gesicht und richtet den Daumen demonstrativ nach unten.

»Ich würde sagen, das war ein kompletter Reinfall. Die Teilnehmer sind bereits nach zwei Stunden wieder abgereist.«

»Warum denn das?«

»Das lass dir besser von Martin erklären«, antwortet sie und fragt, ob wir einen Kaffee zusammen trinken wollen.

»Nein danke, nun sag schon! Was ist passiert?«

»Es gab gravierende Verständigungsschwierigkeiten. Bei den Teilnehmern handelte es sich ausnahmslos um Franzosen. Muss ich noch mehr sagen?«

»Mit anderen Worten: Sie haben kein Englisch verstanden.«

»Nicht ein Wort.«

»So ein Mist! Hättest du nicht aushelfen und übersetzen können? Schließlich ist Französisch deine Muttersprache.«

»Ich? Ich habe null Ahnung von IT-Systemen. Für mich sind das böhmische Dörfer.«

»Ist Martin sehr niedergeschlagen?«

»Er war mehr damit beschäftigt, sich abfällig über meine Landsleute zu äußern. Danach habe ich ihn nicht mehr gesehen.«

»Na, dann werde ich mal schauen, wie die Stimmung ist«, sage ich und begebe mich mit einem mulmigen Gefühl nach Hause. In Gedanken stelle ich mich schon auf das Schlimmste ein. Ich befürchte, dass mein Mann mir Vorhaltungen machen wird und mich für das Desaster verantwortlich macht. Schließlich war es mein Wunsch, in Frankreich zu wohnen. »Es musste ja unbedingt die Côte d'Azur sein. Nicht Spanien, Italien oder Portugal. Nein, ausgerechnet Frankreich! Obwohl du genau weißt, dass ich die Sprache nicht beherrsche«, höre ich ihn in meiner Vorstellung schimpfen. Ich nehme mir vor, ihm zu antworten: »Aber ich habe nie von dir verlangt, aus der Firma auszusteigen. Die Idee, hier ein Seminarhotel zu eröffnen, ist ganz allein auf deinem Mist gewachsen.« Aber dazu kommt es gar nicht, denn ich werde mit einem freudigen »Hey« begrüßt.

»Du bist schon da? Ich habe später mit dir gerechnet. Jetzt bin ich noch gar nicht fertig.« Fertig? Womit?

»Du hast gekocht?«, frage ich ungläubig und nehme neugierig den Deckel vom großen Topf. »Sieht lecker aus und duftet ganz wunderbar«, lobe ich die Kreation, obwohl ich keinen Schimmer habe, was das sein soll. »Wo steckt Jackson?«, will ich wissen, denn es ist schon sehr ungewöhnlich, dass er mich nicht sofort begrüßt.

»Er ist völlig erledigt und schläft draußen. Ich war länger als eine Stunde mit ihm joggen.«

»Dann hast du dir deinen Frust abgelaufen?«, frage ich vorsichtig. Doch Martin spielt den Ahnungslosen. »Ich weiß Bescheid. Nicole hat es mir schon erzählt.«

»Ich habe keinen Frust. Warum auch? Du bist endlich wieder da«, lacht er und nimmt mich in den Arm.

»Du bist nicht enttäuscht, weil dein erster Vortrag misslungen ist?«

»Nö, nicht die Spur. Es ist schließlich nicht meine Schuld, dass die Franzosen keine Fremdsprachen beherrschen. Allerdings räume ich ein, dass ich vorher hätte darauf hinweisen müssen, dass das Seminar in englischer Sprache stattfindet, aber das habe ich bereits auf der Website geändert.«

Mein Mann ist wirklich einmalig. Jeder andere wäre jetzt verärgert oder betrübt, aber er lässt sich nicht unterkriegen. Er ist und bleibt mein Mister Positiv.

Aprikose, Pfirsich und Orange

»Wenn der Prophet nicht zum Berg kommt, kommt der Berg zum Propheten«, höre ich von Weitem eine Frauenstimme rufen. Im ersten Moment befürchte ich, dass meine Augen mir einen Streich spielen, aber als sie näher kommt, weiß ich, dass ich mich nicht verguckt habe. Vor mir steht Maria Martinelli.

»Was für eine tolle Überraschung«, rufe ich freudestrahlend aus, als sie mich mit ihren kräftigen Armen fest an sich drückt. Ich kann nicht glauben, dass sie extra aus Süditalien angereist ist, nur um mir einen Besuch abzustatten.

»Glaub es ruhig, und vor allen Dingen mach die Einfahrt frei, damit Alfredo den Lastwagen vorfahren kann.«

»Ihr seid mit einem Lkw angereist?«, frage ich ungläubig.

»Anders hätten wir euer Hochzeitsgeschenk nicht transportieren können.« Nun hat auch Martin gemerkt, dass wir Besuch bekommen haben und kommt aus dem Haus.

»Gut siehst du aus, das Eheleben scheint dir gut zu bekommen. Du hast mächtig zugelegt«, sagt Maria in ihrer typischen unverblümten Art zu ihm, und ich muss auf der Stelle loslachen. Lautes Hupen unterbricht unsere Begrüßung, und Maria fordert uns erneut auf, den Porsche von der Einfahrt zu entfernen. Kurz darauf fährt Alfredo mit einem Pritschenwagen vor. Sichtlich erschöpft steigt er aus und reicht Martin und mir die Hand.

»Seid ihr etwa die ganze Strecke von Kalabrien durchgefahren?«, will ich von Maria wissen, aber sie verneint.

»Wir haben in Höhe Rom übernachtet. Doch nun kommt und schaut, was wir für euch haben.«

Sie öffnet die Plane und deutet mit ausgestreckter Hand auf die Ladung. Die beiden haben uns Obstbäume von ihrer Plantage mitgebracht. Ich erkenne Nektarinen-, Feigen- und Zitronenbäume.

»Und Aprikose, Pfirsich und Orange«, erklärt Alfredo und weist daraufhin, dass die Bäume unbedingt noch heute eingepflanzt werden müssen, wenn sie anwachsen sollen. »Wenn du so lieb wärst und uns einen starken Kaffee kochst, dann können wir uns nach einer kurzen Pause gleich an die Arbeit machen.«

Ich freue mich wie verrückt über das Geschenk, Martin hingegen schaut skeptisch. Während ich den gewünschten Kaffee zubereite, fragt er mich im leisen Flüsterton, ob ich wirklich vorhabe, dieses Gestrüpp einzupflanzen.

»Aber sicher! Es gibt doch nichts Schöneres, als Obst aus dem eigenen Garten zu ernten.«

»Alles klar, Lady Marmelade. Ich werde mich rasch umziehen, und dann geht es ab ins Beet.«

Was Maria unter Arbeitsteilung versteht, gefällt mir. Wir Frauen bestimmen den Standort der einzelnen Pflanzen, und die Männer dürfen fleißig graben.

Als der letzte Baum eingesetzt wird, ist es schon dunkel und Martin betrachtet prüfend seinen Handballen. Er hat sich eine dicke Blase zugezogen. Ich rufe das Ende der Schufterei aus und schlage vor, dass wir uns ein leckeres Abendessen im Restaurant gönnen.

Während sich die Männer frischmachen, stoßen Maria und ich im Wohnzimmer mit einem alkoholfreien Cocktail an. Die stolze Oma zeigt mir Fotos von ihrem niedlichen Enkelkind und beklagt sich, dass sie die kleine Maus viel zu selten zu Gesicht bekommt. Sie fragt mich, wie ich damit klarkomme, Elias und Valentin nur noch unregelmäßig sehen zu können. Sie schaut zufrieden, als ich ihr verrate, dass meine beiden Goldschätze schon bald ihre Herbstferien bei uns verbringen werden.

»Bringt Julian die Jungs oder holst du sie ab?«

»Er wird sie bringen. So ist es vereinbart. Warum fragst du?«

»Ach, nur so«, antwortet sie. Ich kenne Maria lange genug, um zu wissen, dass sie niemals *nur so* Fragen stellt. Folglich hake ich nach und frage nach dem wahren Grund. Zögerlich antwortet sie mir.

»Nun, ich dachte, wenn du sie aus Hamburg abholen würdest, könntest du bei der Gelegenheit mal nach dem Rechten sehen.«

»Dazu besteht überhaupt kein Anlass. Sören hat den Betrieb wunderbar im Griff, und um Anjas Mädchen muss ich mir auch keine Sorgen machen. Sie wohnen jetzt in unserer Wohnung und werden finanziell von uns unterstützt.« Aber das weiß Maria längst. Die stille Post funktioniert zwischen Hamburg und Kalabrien einwandfrei. Per Mail oder Telefon wird sie von den ehemaligen Kolleginnen stets auf dem Laufenden halten.

Wir gehen den kurzen Weg bis zum Hotel zu Fuß. Nicole hat Tisch drei für uns gedeckt, der mittlerweile unser Stammplatz geworden ist. Von hier hat man einen herrlichen Blick in den parkähnlichen Garten, in dem die Pinien und andere immergrüne Pflanzen stimmungsvoll angestrahlt werden. Während des Abendessens überlässt Maria ihrem Mann das Wort. Er lobt die Speisen in höchsten Tönen und räumt sogar ein, dass der französische Wein fast so gut mundet wie der Vino aus seiner Heimat. Maria legt die Hand aufs Glas, als ich sie frage, ob ich nachschenken darf. Sie schaut mich mit besorgter Miene an. Es ist nicht zu übersehen, dass ihr etwas auf der Seele brennt. Erst nach dem Dessert, als der Tisch abgeräumt wird, bricht sie ihr Schweigen.

»Ich muss mit euch über Lisa sprechen. Das Mädchen schwänzt seit Wochen die Schule. Stattdessen macht sie Party mit ihren dubiosen Freunden. Mathilda ist sich sicher, dass diese Typen keinen guten Einfluss auf sie haben.«

»Was für Typen?«, frage ich beunruhigt.

»Sie verkehrt mit einem ganz üblen Pack. Diese Bengel tragen Springerstiefel und grölen rechte Parolen. Reicht dir das als Antwort?«

»Sagst du mir gerade, dass Lisa sich mit braunem Gesindel abgibt?«

»Ganz genau. Und ihre Kommandozentrale haben sie in eurer Wohnung eingerichtet. Mithilfe eures Nachbarn von gegenüber konnte Sören sie aus dem Haus schaffen. Er hat ihnen gedroht, die Polizei zu rufen, sollten sie sich noch einmal dort sehen lassen. Aber auch wenn sie künftig einen Bogen um euer Haus schlagen, ändert es nichts an der Tatsache, dass Lisa einen schrecklichen Umgang pflegt.«

Mir wird auf der Stelle schlecht. Wir erörtern das Thema bei einem doppelten Cognac. Ich mache mir die größten Vorwürfe. Wie konnte ich nur zwei Teenagern erlauben, unbeaufsichtigt bei uns zu wohnen? Jeder Mensch, der bei klarem Verstand ist, hätte voraussehen können, dass das nicht gutgeht. Gegen den Rat der Anwesenden greife ich zum Handy und rufe trotz später Stunde in Hamburg an. Als Lena sich meldet, frage ich sie nicht wie sonst nach ihrem Befinden, sondern komme ohne Umschweife auf den Punkt.

»Wie lange wolltest du mir noch verschweigen, was Lisa sich leistet?«

»Bitte Lotte, mach dir keine Sorgen um deine Wohnung. Hier finden keine Treffen mehr statt. Wenigstens in diesem Punkt habe ich mich durchsetzen können.«

»Ich sorge mich nicht um die Wohnung, sondern um euch. Eins ist klar, so kann und so wird es nicht weitergehen. Ihr hört von mir«, sage ich energisch und lege auf.

»Irgendjemand sollte Lisa mal kräftig durchschütteln. Anja würde sich im Grab umdrehen, wenn sie wüsste, wie sich ihre Jüngste benimmt«, schimpft Maria.

»Ihr ernsthaft ins Gewissen zu reden, halte ich für die bessere Idee«, empfiehlt Martin und bestellt eine weitere Runde Schnaps.

»Und du glaubst tatsächlich, dass du ihr mit bloßen Worten beikommen kannst?«, fragt Maria und schüttelt verständnislos den Kopf. Sie ist der festen Meinung, dass es nur eine Möglichkeit gäbe, Schlimmeres zu verhindern. »Bevor sie ganz auf die schiefe Bahn gerät, sollte das Mädchen Hamburg schnellstens verlassen. Wie heißt es so schön? Aus den Augen, aus dem Sinn! Alfredo und ich wären bereit, Lisa so lange bei uns aufzunehmen, bis sie wieder zur Vernunft kommt. Wir würden ihr schon Dampf machen. Da kannst du sicher sein.«

»Das ist lieb von dir, Maria, aber ich denke, das ist nicht nötig. Das bekommen Martin und ich auch ohne eure Hilfe hin. Oder, Martin?«

Martin sagt nichts. Er schenkt mir nur einen fragenden Blick.

»Arbeit hat noch nie geschadet«, wirft Alfredo ein, und ich kontere, dass es gerade die Arbeit gewesen ist, mit der Gerald die Mädchen aus dem Haus getrieben hat.

»Das, was Lisa jetzt braucht, ist Liebe, Verständnis und Geduld. Ich werde …«

»Du hast doch wohl nicht vor, hier alles aufzugeben? Gerade jetzt, wo Martin alles umgebaut hat und euer Haus fertig ist. Carlotta! So langsam hege ich Zweifel an deinem Verstand«, schimpft Maria, und auch Martin schaut mich panisch an.

»Auf die weite Distanz kann ich mich nicht ausreichend um sie kümmern. Das hat die jüngste Vergangenheit doch mehr als deutlich gezeigt. Und nein, wir werden nicht nach Hamburg zurückkehren, sondern die Mädchen zu uns holen. Du hast völlig Recht. Wir müssen Lisa schnellstens aus diesem Umfeld entfernen.«

»Du willst, dass sie hier bei uns leben? Wie stellst du dir das vor, Schatz. Ihr steht schließlich in keiner familiären Beziehung zu einander. Du bist lediglich die Freundin ihrer verstorbenen Mutter. Glaubst du wirklich, dass man dir das Sorgerecht übertragen wird?«

»Na sicher, Martin! Schließlich bin ich ihre Patentante!«

»Das ist doch nur ein Titel und hat rechtlich gesehen überhaupt keine Relevanz.«

»Ich lasse mich nicht davon abbringen. Die Mädchen kommen zu uns!«, bestimme ich selbstbewusst. Ich finde, dass wir die Diskussion an dieser Stelle beenden können. Aus meiner Sicht ist alles gesagt und längst beschlossen, aber Martin lässt nicht locker.

»Und wenn sie gar nicht wollen? Was machst du dann? Du kannst sie schwerlich zwingen.«

»Und ob ich das kann!«

»Ich gebe lediglich zu bedenken, dass Lena kurz vor dem Abitur steht. Sie wird in wenigen Wochen volljährig und will sicherlich selbst über ihr Leben bestimmen. Und Lisa ist in einem sehr schwierigen Alter. Ich fürchte, du unterschätzt die Herausforderung.«

»Traust du mir diese Aufgabe etwa nicht zu?«

»Lotte, wir sind jetzt beide über fünfzig, und ich weiß nicht, ob wir noch die Nerven haben, uns um einen aufmüpfigen Teenager zu kümmern.«

»Und was schlägst du vor? Bisher habe ich nur Bedenken von dir gehört und nicht einen einzigen konstruktiven Vorschlag«, empöre ich mich.

Martin verzieht genervt das Gesicht. Das macht er immer, wenn er der Auffassung ist, dass ich zu laut werde. Diesmal könnte er Recht haben. Ich bin wirklich sehr aufgebracht.

»Lass uns wenigstens eine Nacht darüber schlafen. Oder müssen wir das hier und jetzt entscheiden?«, gibt er beleidigt zurück.

»Eine sehr gute Idee. Ja, lasst uns schlafen gehen. Heute war ein anstrengender Tag«, mischt Alfredo sich ein. Vermutlich ahnt er, dass unser Wortgefecht kurz davor steht, in einen gewaltigen Streit auszuarten. Damit das nicht passiert, lenke ich ein und halte vorläufig meinen Mund.

Natürlich kann ich nicht einschlafen und wälze mich im Bett von der linken auf die rechte Seite. Warum erkennt Martin den Ernst der Lage nicht? Wieso braucht er Bedenkzeit? Was gibt es denn da noch zu überlegen? Hier ist schnelles Handeln gefragt. Ist ihm unsere Zweisamkeit wirklich wichtiger, als die Verantwortung für zwei Mädchen zu übernehmen, die mir so am Herzen liegen, als wären es meine eigenen? Sollte das tatsächlich der Fall sein, dann habe ich heute eine grobe Charakterschwäche an ihm entdeckt. Ich hoffe inständig, dass ich mich irre.

Wie sein Vorschlag aussieht, erfahre ich bereits am frühen Morgen. Ich habe in der Nacht kaum ein Auge zugetan und bin dementsprechend gereizt. Als er das Wort Internat ausspricht, gehe ich fast an die Decke.

»Das soll deine Lösung sein? Du willst sie abschieben? Ausgerechnet du? Du hast deiner Mutter bis heute nicht verziehen, dass sie dich und deinen Bruder in so einer Lehranstalt untergebracht hat.«

»Nun schau doch nicht so böse. Wir werden eine gute Einrichtung für die beiden finden. Außerdem dürfen sie uns regelmäßig besuchen.«

»Sie dürfen uns besuchen?«, frage ich nach, obwohl ich ihn genau verstanden habe. »Das ist ja ein netter Zug von dir«, verspotte ich ihn.

»Ja, natürlich. In den Ferien sind sie mir immer herzlich willkommen.«

»Na, wenn das so ist«, antworte ich, greife nach meinem Handy und verfasse eine Kurzmitteilung an die Mädchen.

Packt eure Koffer. Ihr werdet zusammen mit Julian zu uns fliegen und hier eure Herbstferien verbringen. Wegen der Details melde ich mich später telefonisch. Gruß, Lotte

Parlez vous allemand

Obwohl ich Maria inständig bitte, noch zu bleiben, wollen sie und Alfredo nach nur zwei Tagen Aufenthalt bereits die Heimreise antreten.

»Ihr braucht den Platz für die Kinder«, sagt sie und lässt mein Argument, dass wir über zahlreiche leere Hotelzimmer verfügen, nicht gelten.

»Aber ich hätte es mir so gewünscht, dich noch länger bei mir zu haben«, jaule ich und bin den Tränen nahe.

»Und ich hätte es mir so gewünscht, dass Marcello Mastroianni mich zur Frau nimmt. Das Leben ist eben scheiß ungerecht«, feixt sie.

»Aber …«, sage ich und überlege angestrengt. »Aber der ist doch schon vor zwanzig Jahren gestorben.«

»Ja, leider! Nun muss ich bis ans Ende meiner Tage mit Alfredo vorliebnehmen. Na ja, immerhin kann er noch Auto fahren, und das ist in unserem Alter schon viel wert«, lacht sie und winkt ihrem Gatten zu, der bereits bei laufendem Motor auf sie wartet.

»Du bist unmöglich, Maria.«

»Und du wirst nicht locker lassen, hörst du? Mir hat gefallen, wie du dich Martin gegenüber durchgesetzt hast. Ich bin mir sicher, dass es die richtige Entscheidung ist, die Mädchen zu euch zu holen. Und sollte es dir doch irgendwann mal zu viel werden, dann weißt du ja, wohin du sie schicken kannst.«

»Komm bald wieder«, bettle ich und drücke sie ganz fest.

»Erst nach deinem Besuch bei uns. Ein Termin im Sommer wäre schön. Du weißt doch, dass wir dann jede helfende Hand gut gebrauchen können.«

Bis der Pritschenwagen hinter der Biegung verschwindet, winke ich den beiden noch nach, dann gehe ich zurück ins Haus. Martin telefoniert, und weil ich ihn dabei nicht stören will, verziehe ich mich leise in die Küche.

»Das ist nicht gut, Julia«, höre ich ihn sagen und weiß, dass er mit seiner ehemaligen Assistentin bei Solution Partner spricht. Wenn Martin die Formulierung: *Das ist nicht gut* wählt, bedeutet es nichts anderes als: *Verdammter Mist!* Aber das würde er niemals sagen. In seinem Wortschatz sucht man vergeblich nach Kraftausdrücken.

»Schlechte Nachrichten?«, frage ich nachdem er aufgelegt hat.

»Alles in Ordnung«, antwortet er knapp, und ich weiß, dass nicht alles in Ordnung ist.

»Worum ging es in dem Gespräch mit Julia?«

»Ich habe nachgefragt, ob es schon Rückmeldungen auf die Werbeaktion gibt.«

»Und? Gibt es schon Rückmeldungen? Bitte Martin, lass dir doch nicht jedes einzelne Wort aus der Nase ziehen!«

»Das Interesse an meinen Kursen in Frankreich ist noch sehr verhalten«, gibt er zu und gießt sich den Rest Kaffee aus der Kanne ein. Wenn seine internationalen Kunden nicht zu uns kommen, weil ihnen der Aufwand zu groß ist, und die Franzosen aufgrund mangelnder Sprachkenntnisse das Seminarangebot gar nicht erst annehmen, stehen wir vor einem gewaltigen Problem, schlussfolgere ich. Mal wieder beschwichtigt er und sagt, dass ich mir keine Gedanken machen solle, schließlich sei das Hotel Firmeneigentum und würde uns privat gar nicht betreffen. Ich finde, das ist zu kurz gedacht. Sollte sich sein Geschäftsmodell als Rohrkrepierer entpuppen, hätte es zwar keine finanziellen Konsequenzen für uns, aber gravierenden Einfluss auf die Stimmung meines Mannes. Martin Seibert, der waschechte Winner-Typ, ist es nämlich nicht gewohnt, Niederlagen einzustecken. Bisher ist ihm alles gelungen, was er sich vorgenommen hat. Ich bin mir sicher, dass er auch diese Herausforderung brillant meistern wird, wenn er sich nur durchringen könnte, Französisch zu lernen. Ich spreche meinen Gedanken laut aus.

»Du wirst wohl oder übel in den sauren Apfel beißen und Sprachunterricht nehmen müssen, Monsieur Seibert.

Allein mit *Parlez vous allemand* kommst du hier nicht weiter.«

»Ein wenig umfangreicher ist mein Wortschatz wohl schon«, erklärt er leicht eingeschnappt. Stimmt. Er weiß, dass es am Morgen *Bonjour* und am Abend *Bonsoir* heißt. Auch kann er bitte und danke auf Französisch sagen. Bei Zahlen hört es dann aber auch schon auf. Weshalb sonst hat er heute Morgen, nicht wie ich es ihm aufgetragenen habe, drei Baguettes, sondern nur zwei mitgebracht? Und anstelle von vier Croissants ganze neun Stück beim Bäcker gekauft?

»Die werden doch nicht schlecht«, hat er sich nach seiner Rückkehr gerechtfertigt und sich mit dieser Ausrede mal wieder geschickt aus der Affäre gezogen.

»Warum zierst du dich nur so? Was spricht dagegen, einen Sprachkurs zu belegen?«

»Du willst, dass ich in meinem Alter noch einmal die Schulbank drücke?«

»Du könntest Privatunterricht nehmen. Von mir aus auch bei einer jungen, attraktiven Französin. Hauptsache du …«

»Ich komme doch gut zurecht, und sollte es mal schwierig werden, kann ich dich oder Nicole um Hilfe bitten.«

Zu gern möchte ich ihm sagen, dass er besser nicht auf mich zählen solle, aber das Telefon klingelt. Synchron greifen wir zu unseren Handys. Es ist mein Smartphone, das den Anruf erhält. Damit künftig klar ist, wer von uns angerufen wird, nehme ich mir vor, einen anderen Klingelton als Martin zu wählen. Gleich nachdem ich das Gespräch mit meiner herzallerliebsten Schwiegermutter geführt habe, werde ich die Einstellung ändern.

»Was macht die Liebe?«, fragt sie.

»Was macht die Kunst? Bist du wieder fleißig?«

»Ich habe eine Pause eingelegt. Du, Lotte? Wäre es dir recht, wenn ich für einige Tage zu euch komme? Meine Männer sind gestern nach Berlin geflogen. Caruso muss sich dringend einem Gesundheitscheck unterziehen, und allein ist mir so schrecklich langweilig.«

»Da fragst du? Natürlich. Wir freuen uns. Soll ich dich abholen?«

»Nicht nötig. Ich komme mit meinem neuen Wagen.«

»Du hast dir einen Neuwagen gekauft?«

Linde bricht in lautes Lachen aus. Sie würde nicht so amüsiert reagieren, wenn sie wüsste, was ich eigentlich mit meiner Nachfrage ausdrücken wollte. Ich finde nämlich, dass Leute in ihrem Alter nicht mehr selbst Autofahren sollten, wenn sie trotz Brille keine fünf Meter weit sehen können. Und genau das ist bei ihr der Fall.

»Neu ist mein kleines Schmuckstück nicht mehr. Genau gesagt ist der Wagen halb so alt wie ich. Schon als junge Frau habe ich von diesem Gefährt geträumt.

Erst jetzt hat sich die Gelegenheit ergeben und ich habe, ohne zu zögern, sofort zugeschlagen.«

»Du machst es aber verdammt spannend. Was ist es denn für ein Gefährt?«

»Lasst euch überraschen«, kichert sie und verabschiedet sich bis morgen.

Ein volles Haus

In der Vorstellung meiner Enkel ist in Südfrankreich immer Sommer. Doch so ist es leider nicht. An guten Tagen, wenn im Oktober die Sonne scheint, werden noch Temperaturen von einundzwanzig Grad erreicht, an schlechten nur zwölf. Egal wie das Wetter ab morgen sein wird, feststeht, dass die Strandsaison vorbei ist. Auch werden wir den Kindern den Wunsch nach einer Segeltour abschlagen müssen, denn das Boot wurde bereits winterfest gemacht und liegt bis zum kommenden Frühjahr trocken in einer Halle am Hafen.

»Aber wir dürfen doch trotzdem baden?«, fragt Elias dazwischen, als ich mit Julian telefoniere, um mit ihm die Frage des Shuttles vom Flughafen abzusprechen.

»Du brauchst uns nicht abzuholen, Mom. Ich werde mir einen Van mieten.«

»Ich freue mich so auf euch und kann es kaum erwarten, euch fünf in die Arme zu schließen.«

»Wir kommen zu sechst. Ich hoffe es ist dir recht, denn ich bringe Daphne mit. Es wird Zeit, dass ihr euch kennenlernt.«

»Sie heißt also Daphne. Ich habe mich schon gefragt, wie lange du sie noch vor mir verstecken willst.«

Er lacht und fragt, ob ich es einrichten könne, dass er und seine Begleitung ein Hotelzimmer bekommen und nicht mit den Jungs im Pavillon übernachten müssen.

»Kein Problem«, antworte ich und freue mich, dass Julian sich endlich wieder auf eine Beziehung eingelassen hat. Nach meiner Meinung hat er sich damit schon zu lange Zeit gelassen. Er ist doch noch viel zu jung, um als alleinerziehender Witwer durchs Leben zu gehen. Und auch für die Kinder wäre es doch schön, wieder eine weibliche Bezugsperson zu haben. Daphne, wiederhole ich im Stillen und frage mich, woher der Name wohl stammt. Zu gern würde ich ihn ausfragen, aber er gibt seiner neugierigen Mutter keine Gelegenheit dazu. Ich höre nur noch sein »Tschüss, bis morgen«, dann macht es Klick.

»Wir werden ein volles Haus haben«, sage ich zu Martin und greife zu meinem Schreibblock, um mir die anstehenden Einkäufe zu notieren. Ich will alle Lieblingsspeisen für meine Hamburger zubereiten. Die Vorstellung, mit ihnen am großen Tisch unter den Korkeichen zu sitzen, zu essen und zu plaudern, lässt mein Herz höher schlagen. Wie oft habe ich in der Vergangenheit Filme oder Werbespots angesehen, in denen sympathische Menschen gemeinsam im Garten saßen und lachten und dabei Käse und andere Köstlichkeiten verspeisten. Dann habe ich innerlich geseufzt und mir gewünscht, an ihrer Stelle zu sein. Morgen wird dieses Wunschbild Realität werden. Keine

Schauspieler, sondern meine Liebsten werden die Darsteller sein.

Meine Liste umfasst bereits zwei Seiten, und ich beschließe, Getränke und Lebensmittel im großen Géant Verbrauchermarkt zu besorgen.

Die Punkte Fleisch, Fisch und Geflügel habe ich bereits als erledigt abgehakt, als ich am Käsestand bedient werde und mir jemand auf die Schulter tippt. Es ist Marie, die wie ich in der Mission Großeinkauf unterwegs ist. Während wir angeregt plaudern, ignorieren wir, dass unsere Einkaufswagen die schmale Gasse blockieren. Zum wiederholten Mal werden wir gebeten, Platz zu machen. Nach einem kurzen »Pardon« schieben wir die Wagen zur Seite und geben den Weg zur Kasse frei.

»Mercie, sehr freundlich«, sagt der Mann, der kurz darauf einen Sechserpack stilles Wasser auf das Laufband stellt. Ich verfolge den Typ mit meinen Blicken, denn im ersten Moment habe ich angenommen, dass es sich um meinen Exmann handeln könnte.

»Völlig ausgeschlossen«, sagt mein Verstand. »Unsinn! Das ist nicht Jens. Oder etwa doch?«

Ich nehme ihn genauer unter die Lupe. Nachdem ich ihn einem Ganzkörperscan unterzogen habe, komme ich zu der Einsicht, dass der Mann mit meinem ehemaligen Gatten eine verblüffende Ähnlichkeit hat. Zwar hat der Vater meines Kindes deutlich mehr Haare und ist auch nicht so füllig wie dieser Wassertrinker, allerdings liegt das letzte Zusammentreffen mit dem Original auch schon mehr als zehn Jahre zurück. Das ist eine recht lange Zeit, in der auch ich mich optisch verändert habe. Ich beende das Rätselraten und rufe: »Jens, bist du es?« Sollte ich mich irren, dann wird der Mann gar nicht reagieren. Er wird, ohne sich umzudrehen, sein Wasser zahlen und den Supermarkt verlassen. Aber er spricht auf meinen Ruf an und dreht sich um. Ich sehe, wie es in ihm arbeitet und kann sogar den Groschen hören, der gerade bei ihm fällt. Völlig verblüfft kommt er auf mich zu.

»Lotte? Das gibt es doch nicht! Ich kann es kaum glauben. Wie klein die Welt doch ist.«

»Was machst du hier?«

»Ich glaub, das nennt man Urlaub«, lacht er.

»Zu dieser Jahreszeit? Und warum ausgerechnet hier?«, frage ich ungläubig. Das ist doch kein Zufall, denke ich und mache vermutlich ein ziemlich dummes Gesicht.

»Ich bin jetzt Rentner und gönne mir den Luxus, zu reisen, wann immer ich will. Es war schon lange mein Wunsch, all die Hafenstädte auf dem Landweg zu besuchen, die ich während meiner Laufbahn als Kapitän mit dem Schiff angelaufen habe.«

»Aber hier gibt es doch gar keinen großen Hafen, von der Marina für Segel- und Motorboote mal abgesehen«, entgegne ich skeptisch. Gerade will ich ihn fragen, ob

Julian mit seinem unerwarteten Auftauchen zu tun hat, als er mir eine plausible Erklärung liefert.

»Ich komme gerade aus Genua und bin auf dem Weg nach Marseille. Hier habe ich nur angehalten, um ein wenig Proviant einzukaufen.«

»Dann ist es wirklich nur ein Zufall«, sage ich erleichtert.

»Ein schöner Zufall, Lotte. Ich habe dort hinten einen Coffee-Shop gesehen. Was hältst du davon, mir bei einer Tasse Kaffee zu erzählen, wie es dir so geht.«

»Ich hab noch eine Menge Besorgungen zu machen«, sage ich und zeige zum Beweis auf meine Einkaufsliste. »Das dauert noch eine Weile und du hast bestimmt keine Zeit. Ich will dich nicht aufhalten«, sage ich und frage mich im selben Moment, warum ich so abweisend reagiere. Jens und ich haben uns nicht im Streit getrennt, und es besteht keine Veranlassung, seinen Vorschlag abzulehnen.

»Ich habe es nicht eilig. Während du deinen Einkauf erledigst, suche ich uns schon mal einen freien Tisch.«

»Also gut. Bis gleich«, antworte ich ihm und wende mich wieder Marie zu.

»Wer war denn das?«, fragt sie belustigt. »Du hast geguckt, als hättest du ein Gespenst gesehen.«

»Das Gespenst ist mein Exmann«, gebe ich trocken zurück. »Ich muss jetzt weiter, denn ich habe ihm versprochen, mich auf einen Kaffee mit ihm zu treffen.«

Sie hebt ihren ausgestreckten Zeigefinger und sagt im beschwörenden Tonfall zu mir, dass ich nur einen Kaffee mit ihm trinken solle. Mehr nicht!

»Na sicher! Was denkst du denn?«

»Ich habe auch so einige Erfahrungen mit meinem Ex«, lacht sie und macht mich richtig neugierig. »Ich erzähle dir am Donnerstag davon. Du kommst doch zu unserem Weibertreffen, oder?«

»Worauf du dich verlassen kannst.«

Ich habe alle Einkäufe im Kofferraum verstaut und gehe bedächtigen Schrittes zum vereinbarten Treffpunkt. Was soll ich nur mit ihm reden?, frage ich mich. Ob ich ihn auf seine ehemalige Lebensgefährtin ansprechen soll? Oder wäre das taktlos? Ich weiß von Julian, dass sie sich im Frühjahr einer Operation unterziehen musste und kurz danach verstorben ist. Sie war älter als ich, und dennoch war sie viel zu jung, um schon abzutreten.

Als ich ihn so allein am Tisch sitzen sehe, keimt ein wenig Mitleid in mir auf. Bestimmt ist er einsam und hat sich auf diese Reise begeben, um seine Trauer zu bewältigen, denke ich und nehme auf dem gegenüberliegenden Stuhl Platz.

»Was darf ich uns bestellen? Trinkst du noch immer so gern Cappuccino?«, fragt er, und ich nicke. Jens grinst und meint, dass es schön ist, wenn man alten Gewohnheiten treu bleibt. Dabei schaut er auf meine rechte Hand und begutachtet meinen Ehering.

»Ihr habt geheiratet?«, fragt er sichtlich erstaunt. »Wann?«

»Im Sommer. Hast du das nicht gewusst?«

»Nein, woher denn auch? Ich gratuliere dir.«

»Ich dachte, Julian hätte es dir erzählt.«

»Hat er nicht. Wir pflegen leider keinen engen Kontakt.«

»Wie schade«, antworte ich und denke, dass Jens daran selber schuld ist und er gar nicht weiß, was ihm alles entgeht. Er hat schon seinen Sohn nicht groß werden sehen, und nun versäumt er es, am Leben seiner Enkel teilzunehmen. Aber was geht es mich an? Ich habe eine enge Bindung zu meiner Familie, obwohl wir so weit voneinander entfernt wohnen.

»Er und die Jungs kommen morgen zu uns. Julian bringt sie, damit Elias und Valentin die Ferien bei uns verbringen können.«

Er nickt nur stumm und beißt sich auf die Unterlippe.

»Sag mal, Lotte, und bitte antworte mir ganz aufrichtig. Lief damals schon was zwischen dir und Seibert? Jetzt kannst du es mir ruhig sagen. Ich würde es dir nicht übel nehmen. Schließlich warst du jung und ich war die meiste Zeit auf See.«

»Nein, da ist gar nichts gelaufen. Das kannst du mir getrost glauben.«

»Gut, ich wollte es einfach nur wissen.«

»Und du willst heute noch weiter nach Marseille?«, frage ich, um das Thema zu wechseln, denn ich will ihm nicht mein Glück auf die Nase binden. Er schaut auf die Uhr und denkt angestrengt nach.

»Es ist schon recht spät. Vielleicht mache ich noch einen Abstecher nach Saint Tropez und übernachte dort, bevor ich weiterfahre. Eigentlich war diese Reise Angelikas Idee, aber das Schicksal hat erbarmungslos zugeschlagen.«

»Ja, ich hab davon gehört. Es tut mir wirklich sehr leid«, sage ich und nippe an meiner Tasse.

»Allein zu reisen hat auch seinen Reiz«, sagt er ohne die Spur des Bedauerns. »Ich logiere in ausgewiesenen Single-Hotels. Dort lernt man immer nette Leute kennen.«

»Du bist wieder auf der Suche?«, frage ich und denke, das ging aber schnell.

»Nein, das ist nicht der Grund. Aber für Familienhotels bin ich einfach nicht der Typ. Im Urlaub will ich meine Ruhe haben und mir nicht das Geschrei fremder Kinder anhören.«

Er hat sich nicht ein Stück geändert, denke ich und mir wird auf der Stelle klar, weshalb wir uns getrennt haben. Anders als Opa Talbach freue ich mich auf das bevorstehende Kindergeschrei. Mir kann es nicht laut genug sein.

Als mein Telefon klingelt, bin ich erleichtert, dass Martin mich anruft und mir somit Gelegenheit gibt, mich zu verabschieden.

»Wo bleibst du nur, Lotte? Linde ist seit zwei Stunden hier und mir geht langsam aber sicher der Gesprächsstoff aus.«

»Ich hab mich verquatscht. Bin gleich da, Schatz«, sage ich und schaue verschämt zu Jens. »Sorry, ich muss jetzt wirklich los. Wir haben Besuch, und ich werde erwartet. Es war schön, dich mal wiederzusehen. Weiterhin noch viel Spaß auf deiner Reise«, sage ich und überlege, wie ich mich angemessen von ihm verabschieden kann. Ihm die Hand zu reichen erscheint mir unpassend, deshalb gebe ich ihm ein Küsschen auf die Wange, so wie es hier üblich ist. Dabei rieche ich, dass er noch immer nach dem gleichen Aftershave duftet, das er schon vor über dreißig Jahren benutzt hat. Jens Talbach ist und bleibt ein Gewohnheitstier.

»Bis bald, Charlotte«, sagt er, und ich denke, dass wir es mit Wünschen auf ein baldiges Wiedersehen nicht übertreiben sollten.

Dafür ist es nie zu spät

Lindes Schmuckstück ist grün und hat ein weißes Verdeck. Sie hat ihren Oldtimer, um den sie gestern noch ein großes Geheimnis gemacht hat, auf unserem Stellplatz direkt vor dem Haus geparkt. Nun bleibt mir nichts anderes übrig, als den voll beladenen Wagen auf der Zufahrt weitab der Eingangstür abzustellen. Ich schnappe mir zwei schwere Einkaufstüten und schleppe sie unter ganzer Kraftanstrengung durch den Garten, um sie über die Terrassentür direkt in die Küche zu bringen.

»Na endlich!«, raunzt Martin mich an und zieht eine Flappe. Er deutet mit dem Daumen in Richtung Wohnzimmer und flüstert: »Ab jetzt übernimmst du! Schließlich hast du sie eingeladen!«

Ich habe Linde gar nicht eingeladen, ich habe ihr lediglich gesagt, dass sie stets bei uns willkommen ist. Und wenn es nach mir geht, ist es auch so. Mit den Worten: »Einen tollen Wagen hast du dir zugelegt«, begrüße ich sie.

»Es ist ein Karmann Ghia Baujahr 1971.«

»Das sieht man dem Roadster gar nicht an. Er sieht aus wie neu.«

»Früher hat man diesen Wagen spöttisch als Hausfrauen-Porsche oder Sekretärinnen-Ferrari betitelt, heute ist es ein echter Hingucker. Wenn ich offen durch die Straßen fahre, werde ich von allen Passanten bestaunt.«

»Vergiss nicht, zu erwähnen, dass es sich um das Modell mit der großen Maschine handelt«, feixt Martin. »Der kleine Flitzer hat nämlich stattliche sechzig PS unter der Haube und bringt es zu einer sensationellen Höchstgeschwindigkeit von einhundertvierzig Stundenkilometern. Einen wahren Rennwagen hat sich meine Mutter zugelegt.«

»Ja, aber so schnell fährt er nur bergab«, antwortet Linde und merkt gar nicht, dass ihr Sohn sich nur lustig über sie macht. Ich werfe ihm den Autoschlüssel zu und bestimme, dass er die restlichen Einkäufe aus dem Kofferraum holen soll.

»Mach dich lieber nützlich, statt deine Mutter zu veralbern«, sage ich, ziehe meine Jacke aus und werfe sie über den Stuhl. »Gleich hast du meine volle Aufmerksamkeit, Linde. Lass mich nur rasch den Fisch und das Fleisch in den Kühlschrank legen. Danach koche ich uns einen Tee, und wir können in Ruhe plaudern.«

In unserer anschließenden Plauderei berichtet sie mir von Caruso, der im Laufe der letzten Wochen rapide abgebaut haben soll.

»Glaubst du, er ist ernsthaft erkrankt?«, frage ich besorgt. Das würde mir sehr leidtun, denn ich hab ihren Mitbewohner sehr liebgewonnen.

»Wie bitte?«

»Hat er körperliche Beschwerden?«

»Physisch geht es ihm gut. Er hat die Konstitution eines Fünfzigjährigen. Sein Kopf macht uns Sorgen. Er wird tüddelig, wie wir in Hamburg sagen würden«, antwortet sie laut.

»Ein bisschen vergesslich darf er in seinem Alter doch sein«, versuche ich zu beschwichtigen.

»Was hast du gesagt?«

»Ich habe gesagt, dass es angesichts seines Alters nicht ungewöhnlich ist, mal was zu vergessen«, wiederhole ich nun lauter.

»Das ist es nicht allein. Er reagiert neuerdings so ungehalten. Bei jeder Kleinigkeit geht er in die Luft. Er ist richtig streitsüchtig. Es ist kein normales Ausauskommen mehr mit ihm«, schreit sie.

»Sag mal, Linde. Ist mit deinem Gehör alles in Ordnung?« Wieder schaut sie mich fragend an. »Mit deinen Ohren!«, rufe ich und zeige zum besseren Verständnis mit beiden Händen auf meine Lauscher.

»Ach«, ruft sie, lacht und zieht sich mit einer gezielten Handbewegung zwei Stöpsel aus den Hörmuscheln. »Die trage ich immer, wenn ich offen fahre. Schließlich will ich kein Ohrreißen bekommen.«

»Du trägst Oropax während der Fahrt?«, fragt Martin, der gerade einige Flaschen Wasser und Limonade in der Küche abstellt. »Du bist blind wie ein Maulwurf und mit diesen Dingern auch noch stocktaub. Du solltest endlich deinen Führerschein abgeben!«, schimpft er.

»Du sorgst dich ja um mich«, antwortet sie mit einer gewissen Genugtuung in der Stimme.

»Natürlich! Um dich und um andere Verkehrsteilnehmer, die du mit deinem leichtfertigen Verhalten in Gefahr bringst.«

»Ich bin mir sicher, dass ich mit meiner vorsichtigen Fahrweise weniger Menschen gefährde, als du mit deinem Rennschlitten«, gibt sie beleidigt zurück.

»Ich geb es auf. Versuch du doch, ihr ins Gewissen zu reden«, fordert er mich auf. Sein Blick verrät, dass er bereits extrem von seiner Mutter genervt ist. Und das, obwohl sie erst knapp drei Stunden anwesend ist. Na, das kann ja noch heiter werden, denke ich und sage im Flüsterton zu ihm: »Reiß dich zusammen!«

»Sie ist …«, beginnt er und ich unterbreche ihn sofort.

»… unser Gast!«, beende ich den Satz.

»Ich muss hier raus und werde eine Runde joggen«, sagt er trotzig. Gute Idee denke ich und bitte ihn, Jackson mitzunehmen.

Jetzt kann ich Linde in normaler Lautstärke von meiner Absicht berichten, Lena und Lisa bei uns aufzunehmen. Was Martin von der Idee hält, will sie wissen.

»Er ist nicht begeistert. Noch nicht, aber ich werde ihn schon noch überzeugen.«

»Und wie läuft das Geschäft mit seinen Seminaren?«

»Gar nicht«, antworte ich ehrlich und nenne ihr den Grund. »Martin weigert sich mit Händen und Füßen, einen Sprachkurs zu besuchen. Er meint, er wäre zu alt, um noch eine Fremdsprache zu erlernen.«

»Das ist doch eine dumme Ausrede. Man ist nie zu alt, um etwas Neues zu lernen. Sieh mich an. Ich habe gerade begonnen, Saxophon zu spielen. Glaub mir, das ist kein einfaches Instrument, aber ich liebe Herausforderungen.«

Warum überrascht mich das nicht? Weil es typisch für sie ist. Linde ist halt ein unkonventioneller Mensch und kostete das Leben in vollen Zügen aus. Alter ist für Gerlinde Seibert nur eine unbedeutende Zahl.

Als sie vorgibt, ihre Reisetasche auspacken zu wollen, ist es an der Zeit, ihr zu eröffnen, dass sie nicht den Pavillon beziehen kann, wie sie gedacht hat.

»Ich hätte die Enkel und die Mädchen gern in meiner Nähe. Ist es okay für dich, in einem der Hotelzimmer zu übernachten?«

»Mach dir doch keine Umstände, Lotte. Mir genügt ein Schlafplatz auf eurem Sofa.«

»Es wäre mir aber lieber. Dort hast du es bequemer«, sage ich. Gott sei Dank stimmt sie ohne Widerrede zu. Die Nacht ist gerettet.

Wo bleiben sie denn?

Ungeduldig warte ich auf das Eintreffen der Kinder. Ich hab schon mehrmals die Haustür geöffnet, um zu schauen, ob sie nicht gerade vorfahren. Sogar im Hotel habe ich nachgefragt, ob sie dort eingetroffen sind. Es könnte ja sein, dass Daphne sich erst ein wenig frisch machen will, bevor sie sich uns vorstellt. Aber Nicole sagte nur, dass von unserer Familie lediglich Linde auf ihrem Zimmer sei. Verdammt, wo bleiben sie denn nur? Mal wieder befällt mich ein mulmiges Gefühl. Fast täglich berichten die Nachrichten von Anschlägen. Seit der Terror auch den Süden Frankreichs erreicht hat, bin ich ständig in Sorge. Bevor meine Befürchtungen in Panik ausarten, gehe ich online und überprüfe, ob die Maschine Verspätung hat. Erleichtert stelle ich fest, dass der Flieger pünktlich gestartet und planmäßig in Nizza gelandet ist. Aber warum sind sie noch nicht hier? So lange dauert es doch nicht, einen Leihwagen zu mieten und die kurze Strecke über die Autobahn zurückzulegen. Warum geht mein Sohn nicht ans Telefon, und weshalb haben Lisa und Lena ihre Handys ausgeschaltet? Endlich erhalte ich das langersehnte Zeichen und lese die SMS, in der Julian mir mitteilt, dass sie bereits im Ort angekommen sind und nun nach einem Restaurant Ausschau halten, um zu Mittag zu essen.

»Na bravo! Die Herrschaften essen auswärts!«, schimpfe ich, räume die Gedecke vom Tisch und stelle den Backofen aus. Verwundert schaut Martin mir dabei zu. »All die Mühe war umsonst!«, zetere ich und knalle wütend die Schranktür zu.

»Hat Julian denn gewusst, dass du ein opulentes Mahl vorbereitet hast?«

»So gut sollte er mich wohl kennen«, gebe ich beleidigt zurück. Martin entgeht meine üble Stimmung nicht und greift zum Telefon. Kurz darauf höre ich ihn fragen: »Wieso wollt ihr auswärts essen? Lotte steht seit den frühen Morgenstunden in der Küche und hat ein Drei-Gänge-Menü für euch vorbereitet. – Eine Verabredung? Kannst du die nicht verschieben? – Na, wenn dir das Treffen so wichtig ist, dass du deswegen deine Mutter versetzt, dann lässt es sich wohl nicht ändern. Nicht ich, sondern du musst später ihre schlechte Laune ausbaden – Mit wem? – Was dagegen? Ich? Wieso sollte ich? – Dann bis gleich.«

»Du kannst aufhören, so ein böses Gesicht zu machen. Sie sind in spätestens zwanzig Minuten hier. Leg noch ein weiteres Gedeck auf. Sie bringen einen Überraschungsgast mit.«

»Ich weiß. Sie heißt Daphne.«

»Falsch. Er heißt Jens Talbach.«

»Jens ist immer noch hier? Ich dachte, er wollte weiter nach Marseille.«

»Woher weißt du, dass sich dein Ex hier rumtreibt?«

»Weil ich den Rumtreiber gestern getroffen habe. Wir haben einen schnellen Kaffee zusammen getrunken, und er hat mir erzählt, dass er auf Urlaub hier ist.«

»Auf einen schnellen Kaffee? Wegen ihm hast du dich gestern um Stunden verspätet? Während ich mich hier mit Oropax-Linde anschreien musste, hast du dir einen vergnüglichen Nachmittag mit deinem Exmann gemacht?«

»Na, so vergnüglich, wie du denkst, war es nun auch nicht. Außerdem bin ich gleich losgefahren, als du mich angerufen hast.«

»Und warum hast du mir nichts davon erzählt?«

»Ich hab es schlicht und einfach vergessen.«

»Seit wann bist du vergesslich?«

»Martin, was willst du? Statt einen sinnlosen Streit vom Zaun zu brechen, solltest du mir lieber helfen, den Tisch neu zu decken.«

»Ich werde ja wohl mal nachfragen dürfen, warum du mir verschwiegen hast, dass du deinen Ex getroffen hast.«

»Wenn es dich so wurmt, frage ich mich, warum du Julian gesagt hast, er könne ihn mitbringen.«

»Ich habe kein Problem mit ihm, ich habe ein Problem damit, dass du Geheimnisse vor mir hast.«

Amuse-Gueule

Der Van, der gerade vorfährt, ist ein Siebensitzer und voll besetzt. Julian lässt erst alle aussteigen, bevor er den Wagen rückwärts einparkt. Während die Enkel stürmisch auf mich zu rennen, nähern sich Lena und Lisa nur schüchtern im verhaltenen Tempo. Ihnen ist das schlechte Gewissen im Gesicht abzulesen.

»Du, Oma?«

»Ja, Valentin, ihr dürft baden. Der Pool ist beheizt, aber erst wird gegessen.«

In diesem Moment wünsche ich mir, eine Krake zu sein. Acht Arme wären jetzt nötig, um alle gleichzeitig zu begrüßen. Weil ich aber nur über zwei verfüge, die bekanntermaßen auch recht kurz geraten sind, stehen meine Besucher wie bei einer königlichen Audienz in Reih und Glied. Ich sage: »Hallo, mein Großer, schön, dass du da bist.« Ich begrüße Elias mit den typischen Worten einer Großmutter und stelle verwundert fest, wie groß er in der Zwischenzeit schon wieder geworden ist. »Lena, mein Mädchen. Wie hübsch du bist. Die neue Frisur steht dir ausgezeichnet«. Und nun zu Lisa. »Komm einfach her und lass dich drücken!« Gespannt warte ich auf Daphne, aber sie bleibt am Wagen stehen und lässt Jens den Vortritt. Statt ihn mit einer

Umarmung zu begrüßen, frage ich, weshalb er seine Absicht geändert habe und doch geblieben sei.

»Du selbst hast mich auf die Idee gebracht. Ich habe Julian einfach angerufen und gefragt, ob wir uns vor meiner Weiterfahrt noch kurz treffen wollen. Er hat sofort zugestimmt. Übrigens, die neue Frau an seiner Seite ist nett. Du wirst sie mögen.«

Irgendwie ärgert es mich, dass Jens sie vor mir kennenlernen durfte. Ich meine, dieses Privileg hätte mir zugestanden. Und ob ich sie mag, entscheide ich immer noch allein.

»Hast du Kopfweh, Lotte? Du guckst so gequält«, sagt er und geht an mir vorbei, um Martin mit Handschlag zu begrüßen. »Sehr nett von Ihnen, mich auch einzuladen. Leider komme ich mit leeren Händen. Ihr Angebot kam so überraschend.«

»Ja, überraschend trifft es genau«, antwortet Martin. Sein spitzer Unterton verspricht nichts Gutes.

»Schatz? Willst du nicht rasch zum Hotel fahren und Linde abholen? Dann wären wir komplett und könnten mit dem Essen beginnen.«

Er nickt nur stumm, zieht seinen Schlüssel aus der Hosentasche und fährt mit Vollgas davon.

»Einen rasanten Fahrstil hat dein Mann«, bemerkt Jens und schaut ihm sichtlich beeindruckt hinterher.

»Lass uns reingehen. Noch länger auf Julian und Daphne zu warten, ist mir zu blöd.«

Als wir ins Wohnzimmer gehen, fehlt von den Kindern jede Spur. Sie sind draußen im Garten und streicheln den Hund.

»Echt schön habt ihr es hier«, ruft Lena und meint, dass Anja nicht übertrieben habe, als sie von unserem Domizil geschwärmt hat.

Endlich bequemt sich auch mein Sohn zu uns. Wo seine Begleitung ist, will ich wissen, als er allein in den Garten tritt. Er verzieht das Gesicht zu einer Fratze und sagt, dass Daphne im Bad sei und ihre Haare richten müsse, weil Valentin ihr während der Autofahrt ein Kaugummi an den Hinterkopf geklebt habe.

»Aus Versehen!«, schreit er von Weitem, und Julian droht ihm mit dem ausgestreckten Zeigefinder.

»Letzte Verwarnung, mein Lieber, sonst gibt es Badeverbot!«

Noch während ich seine kurze Umarmung empfange, rechtfertigt sich mein Sohn. Er hätte schließlich nicht wissen können, dass ich mit dem Essen warte. Außerdem habe er es nicht übers Herz gebracht, seinem Vater abzusagen. Irgendwie täte er ihm leid.

»Nun seid ihr ja da«, sage ich versöhnlich und frage, ob ich Daphne meine Hilfe anbieten soll. Julians Antwort besteht aus einem desinteressierten Achselzucken. Ich deute das mal als Ja und gehe zurück ins Haus. Durch die geschlossene Badezimmertür höre ich sie laut fluchen. Ich klopfe an und frage, ob ich eintreten dürfe. Als sich die Tür öffnet, blicke ich auf eine junge Mittzwanzigerin in engen Leggins und einem bauchfreien Shirt. Sie ist ein völlig anderer Typ als Larissa, die feine Dame und Mutter meiner Enkelsöhne.

»Ich habe mir schon ganze Haarbüschel ausgezogen«, jammert sie, ohne sich zu mir umzudrehen. Ich habe freie Sicht auf ihren Hinterkopf und sage: »Das sieht aber übel aus.« Mit einem gezielten Griff öffne ich die Schublade, in der sich meine Kämme und Bürsten befinden und biete ihr an, sich zu bedienen.

»Mit einem Kamm bekomme ich das Teufelszeug auch nicht heraus. Da hilft nur noch eine Schere.«

»Besser Sie überlassen das einer Fachfrau. Ich kenne eine gute Frisörin, die bekommt das bestimmt wieder hin. Wenn Sie wollen, dann gebe ich Ihnen ein Tuch. Damit können Sie das klebrige Zeug vorläufig überdecken.«

»Das bringt doch nichts«, raunzt sie mich an.

»Wie Sie meinen«, sage ich und denke, wer nicht will, der hat schon. »Ich bin draußen bei den Kindern. Wenn Sie fertig sind, kommen Sie doch auch zu uns, damit wir anstoßen können.«

Martin ist zwischenzeitlich auch zurück. Er hat Linde und Jens bereits miteinander bekannt gemacht und ist damit beschäftigt, den Begrüßungssekt in die Gläser zu schenken. Für die Kinder gibt es Limo. Als Daphne nach zehn Minuten noch immer nicht das Bad verlässt, wird es mir zu bunt, und ich erhebe mein Glas.

»Schön, dass ihr alle da seid. Auf eine schöne Zeit«, sage ich und nehme einen kräftigen Schluck.

»Du Lotte«, beginnt Jens. »Weißt du, an welches Haus mich euer Anwesen erinnert?«

»Na? An welches Haus, Jens?«

»An die Villa Sophia auf Sardinien, in der wir damals Urlaub gemacht haben.«

»Stimmt, jetzt wo du es sagst«, pflichtet Julian seinem Vater bei.

»Wir haben früher schöne Urlaubsreisen gemacht, oder Julian?« Julian nickt. Dann wendet Jens sich an die Enkel und sagt: »Mit eurem Vater haben Oma und ich früher die halbe Welt bereist. Fragt ihn doch mal, wo wir schon überall waren.«

»Nicht jetzt«, antwortet Julian, und ich könnte ihn auf der Stelle küssen. Endlich gesellt sich auch Daphne zu uns und gibt mir die Möglichkeit, sie in unserem Kreis willkommen zu heißen. Wie sie und Julian sich kennengelernt haben, frage ich.

»Sie ist unser Kindermädchen«, erklärt Valentin und Elias fügt an: »Es ist wie in der Fernsehserie Die Nanny. Die schaut Daphne auch jeden Tag auf Sky.«

Es ist nicht zu übersehen, dass ihr die Bemerkung der Jungs unangenehm ist. Ich fühle mich genötigt, ihr beizustehen, und sage, dass das doch eine nette und lustige Serie sei.

»Wie habt du und Martin euch kennengelernt?«, will Elias wissen, und ich meine, dass er das doch wisse.

»Oma und Herr Seibert haben sich auf der Arbeit kennengelernt«, antwortet Jens für mich. »Die beiden kennen sich schon aus der Zeit, als ich noch mit Oma verheiratet war.«

Ich atme tief durch. Und noch einmal.

»Und wie hast du Oma kennengelernt, Opa?«, will Valentin wissen.

»Ich habe sie in einem Club singen hören und habe sie auf den Fleck weg engagiert.«

»Du warst Sängerin?«, fragt Lena.

»Das liegt Lichtjahre zurück«, antworte ich verlegen.

»Solo oder Background?«, fragt Lisa interessiert. Mal wieder antwortet Jens für mich und erzählt allen Anwesenden, dass ich die Leadsängerin einer Rockband gewesen bin.

»Wann war das?«, fragt Martin. Er ist der Meinung, alles von mir zu wissen, doch das sei ihm neu.

»1982. 1983 haben wir geheiratet. Ein Jahr später kam Julian auf die Welt«, erklärt Jens.

»Da haben Sie ja ein rasantes Tempo an den Tag gelegt«, sagt Linde. Martin rechnet im Kopf nach und verkündet das Ergebnis sichtlich erstaunt.

»1982? Da warst du gerade siebzehn.«

»Lotte hatte die Schule geschmissen, tingelte mit ihren verlausten Kiffer-Kollegen durch die Lande und war völlig abgebrannt. Wenn man es so nimmt, habe ich sie gerettet. Ich holte sie zu mir an Bord, der Rest ist Geschichte.«

»Eine schöne Geschichte, Jens. Danke, dass du sie im Beisein der Kinder erzählt hast! Jetzt haben sie sicher was fürs Leben gelernt!«, raunze ich ihn an.

»Hätte ich das etwa nicht sagen dürfen?«

Mein böser Blick sollte ihm als Antwort genügen.

»Du hast früher gekifft?«, fragt Lisa, und ich meine, Bewunderung in ihren Augen zu erkennen.

»Ich hatte nie was mit Drogen am Hut! Ich weiß nicht, warum Jens hier so einen Blödsinn verbreitet.«

»Ich habe ja auch nicht gesagt, dass du gekifft hast, sondern habe von deinen Bandkollegen gesprochen.«

Ich hab genug gehört. Noch ein Satz aus seinem Mund und ich ticke aus!

»Hilfst du mir bitte, Schatz, den kleinen Gruß aus der Küche zu servieren?«, fordere ich Martin auf, und er folgt mir sofort.

»Du bist als Sängerin auf dem Kreuzfahrtschiff aufgetreten? Das stand damals aber nicht in deinem Lebenslauf. Wenn ich mich richtig erinnere, hast du angegeben, als Gästebetreuerin tätig gewesen zu sein.«

»Stimmt ja auch irgendwie. Ich habe die Gäste unterhalten. Das ist doch auch eine Art von Betreuung, oder nicht?«

»Du hast deinen Lebenslauf gefälscht, mein Schatz«, lacht er mich aus. »Das wäre ein Kündigungsgrund gewesen. Du warst wirklich Sängerin in einer Rockband? Ich fasse es nicht.«

»Ich war gar nicht so übel. Wäre ich nicht sofort schwanger geworden, hätte ich vielleicht Karriere gemacht. Ich wäre berühmt geworden, und wir hätten uns nie kennengelernt.«

»Eine schreckliche Vorstellung«, sagt Martin und drückt mir einen Kuss auf den Mund.

Unser Amuse-Gueule besteht aus mehr als hundert Mini-Teigröllchen, die ich im Ofen knusprig gebacken habe. Die Zubereitung war Filigranarbeit, denn die kleinen Happen sind nicht größer als Pommes frites. Ich habe drei verschiedene Sorten mit Fleisch-, Fisch- und Gemüsefüllung zubereitet. Hätte ich vorher gewusst, dass Jens hier heute auftaucht und dumme Reden schwingt, gäbe es auch welche mit Arsen.

Ich bitte darum, mir ins Haus zu folgen. »Ihr habt freie Platzwahl, allerdings am Kopf des Tisches würde ich gern sitzen, um schneller zwischen Küche und Esszimmer pendeln zu können.« Lena eilt mir sofort zur Hilfe. Während ich die heiße Suppe auffülle, trägt sie gekonnt drei Teller zum Tisch. Die letzte Portion trage ich selbst, nehme meinen Platz ein und wünsche »Guten Appetit«. Nicht anders als ich es gewohnt bin, werde ich für meine Kochkünste gelobt. Linde sagt, dass es für sie unmöglich sei, ein Essen für zehn Personen zuzubereiten.

»Lotte war schon früher eine ausgezeichnete Köchin«, sagt Jens, und ich bedanke mich mit einem gequälten Lächeln für sein lieb gemeintes Kompliment. Allerdings wäre es mir lieber, er würde sich mit seinen Bemerkungen ein wenig zurückhalten. Früher ist vorbei! Und ich bin mehr als froh darüber.

»Sag mal, Lotte. Habt ihr hier WLAN?«, will Lisa wissen, und ich lache.

»Glaubst du wirklich, dass Mister IT ein Haus ohne WLAN bewohnen würde?«

»In Frankreich heißt es Wifi«, verbessert mich Martin.

»Ich bin beeindruckt von deinen perfekten Französischkenntnissen«, bemerkt Linde und grinst schelmisch.

»Wifi«, lacht Valentin. »Klingt wie Bifi. Na, ihr wisst schon! Die Wurst. Die kleine Salami für zwischendurch. Daphne gibt uns immer eine für die Pause mit.«

»Bitte sei still, Valentin. Beim Essen wird nicht geredet!«, tadelt sie ihn. Bitte? Das glaube ich doch wohl nicht.

»Bei uns am Tisch herrscht Gleichberechtigung. Hier darf jeder sagen, was er will«, sage ich bemüht freundlich, obwohl es bereits in mir brodelt.

»Also, ich finde es gut, wenn Daphne den Kindern Manieren beibringt«, sagt Jens und bringt mit seiner Bemerkung das Fass zum Überlaufen.

»Elias und Valentin haben Manieren! Wie gut ihr Benehmen ist, wüsstest du, wenn du sie nicht nur einmal im Jahr sehen würdest!«

»Du hast Recht, Lotte. Aber es ist ja nicht zu spät. Als Rentner habe ich alle Zeit der Welt, die verlorenen Jahre nachzuholen.«

»Wie willst du das denn anstellen?«, fragt Julian leicht bissig. Er ist wie ich der Meinung, dass es schlichtweg unmöglich ist, etwas nachzuholen, was bereits verloren gegangen ist.

»Wortklauberei!«, sagt Jens. »Ich werde mir künftig einfach mehr Zeit für euch nehmen.«

»Den Spruch kenne ich«, lacht Julian und mir wird auf der Stelle schlecht. Warum sagt er das? War ich ihm als Mutter all die Jahre nicht genug? Genau die Frage stelle ich ihm.

»Doch, Mom. Du hast einen Bombenjob gemacht. Es wäre nur schön gewesen, wenn Jens sich auch ab und zu mal gezeigt hätte.«

»Dein Vater hat sich wenigsten ab und zu gezeigt. Unser Erzeuger hat sich nie sehen lassen. Selbst nach Mamas Tod hält er es nicht für nötig, uns zur Seite zu stehen. Ich wüsste nicht, was wir ohne Lotte und Martin gemacht hätten«, sagt Lena, greift über den Tisch und tätschelt Martins Hand, um ihre Dankbarkeit auszudrücken.

»Das ist doch Ehrensache«, antwortet er beschämt.

»Eure Mutter ist gestorben? Anja ist tot?«, fragt Jens sichtlich erschüttert. »Warum sagt mir das niemand?«

»Unsere Mutter ist auch tot. Aber sie lebt immer in unseren Herzen weiter, stimmt's Oma?«, sagt Elias, und ich antworte ihm, dass er völlig Recht habe.

»Das ist ja nicht gerade ein passendes Tischgespräch«, findet Daphne, und ich frage sie, was sie für passend hält.

»Schon gut. Ich meinte ja nur, dass es bestimmt auch erfreulichere Themen gäbe, über die man bei Tisch sprechen kann.«

»Zum Beispiel?«, insistiere ich, doch sie schweigt.

»Wo werden wir schlafen?«, fragt Lisa, und ich erkläre, dass sie, Lena und die Jungs im Pavillon wohnen.

»Julian und Daphne bekommen ein Zimmer im Hotel. Ich habe schon mit Nicole gesprochen. Sie hat die Lavendel-Suite für euch vorbereitet.«

»Ein schönes Zimmer. Es hat wie meins direkten Blick auf den Park«, erklärt Linde.

»Das wäre nicht nötig gewesen, Mom. Uns hätte auch ein einfaches Zimmer gereicht. Schließlich ist es nur für zwei Nächte.«

»Ihr wollt am Sonntag schon wieder abreisen? Ich dachte, ihr bleibt eine Woche.«

»Geht nicht. Ich habe wichtige Termine.«

»Na, das ist ja toll«, sage ich enttäuscht.

»Wenn es dir mit den Jungs zu viel wird, kann Daphne auch bleiben und dich unterstützen.«

»Nein!«, rufen Elias und Valentin gleichzeitig.

»Ich brauche keine Unterstützung«, empöre ich mich.

»Ich dachte ja nur. Schließlich hast du genug um die Ohren. Das Hotel, Lena und Lisa. Da könnten meine beiden Racker auf Dauer vielleicht ein bisschen zu viel für dich werden.«

»Ich bin ja auch noch da«, sagt Linde.

»Was hast du mit dem Hotel zu tun?«, fragt Jens, nimmt sich die Serviette und putzt sich den Mund.

»Gar nichts! Das Hotel ist nur Martins Angelegenheit.«

»Ihnen gehört das Hotel?«, fragt Jens. »Was kostet ein Zimmer in der Nebensaison?«

Bitte, Schatz. Mach jetzt keinen Fehler und antworte ihm nicht! Ich beschwöre dich! Sag, das Hotel sei komplett ausgebucht! Bitte, Martin! Doch er überhört mein stummes Flehen.

»Das weiß ich gar nicht so genau. Am besten Sie fragen an der Rezeption nach.«

»Na, Kinder, was haltet ihr davon, wenn ich anstelle von Daphne bei euch bleibe? Wie würde euch das gefallen? Wir könnten uns ein paar schöne Tage machen. Fußball oder Tischtennis spielen. Vielleicht machen wir auch eine Schatzsuche. Ich verspreche euch, das wird ein Heidenspaß.«

Was denkt sich dieser Mann nur? Glaubt er etwa, dass wir ihn brauchen, um Spaß zu haben? Den hatten wir die letzten Jahrzehnte auch ohne ihn. Er taucht hier wie Kai aus der Kiste auf und spielt den liebevollen Opa.

Das ist meine Enkelzeit, Jens Talbach! Trink aus und dann mach ’nen Abgang! Du hast meine Gastfreundschaft jetzt zu Genüge genießen dürfen.

»Wolltest du nicht weiter nach Marseille? In das Single-Hotel, in dem du nicht von Kindergeschrei gestört wirst? Hier ist es laut und geht turbulent zu. Das ist nichts für dich!«

»Ach, Lotte, ich habe vom Geschrei fremder Kinder gesprochen. Aber wenn es dir nicht passt, dass ich bleibe, kann ich selbstverständlich auch abfahren. Du musst es nur sagen!«

Na, super! Habe ich jetzt noch eine Wahl?

Nach dem Essen ist vor dem Essen

Meine Gäste sind pappsatt und verlassen die Tafel. Die Kinder sind im Pavillon und packen ihre Koffer aus, Jens hat sich auf den Weg zur Rezeption gemacht, um nach einem freien Zimmer zu fragen. Linde möchte ein Nickerchen machen, und Julian soll Daphne zum Frisör fahren. Als sie in den Van steigen, fangen Martin und ich an, uns um den Riesenabwasch zu kümmern. Der Berg an schmutzigen Töpfen, Pfannen, Tellern, Gläsern und Bestecken ist nicht von schlechten Eltern.

»Was ist los, Lotte? Warum schaust du so grimmig? Das hast du doch immer gewollt! Jetzt hast du all deine Lieben an einem Tisch versammelt und bist doch nicht zufrieden.«

»Jens gehört nicht zum Kreis meiner Lieben, und ob ich Daphne dazu zählen will, habe ich noch nicht entschieden. Findest du sie nicht auch ein wenig merkwürdig?«

»Sie war nervös. Es war euer erstes Zusammentreffen. Gib ihr eine Chance.«

»Bestimmt hast du Recht. Ich sollte nicht vorschnell urteilen. Dennoch, einen sehr sympathischen ersten Eindruck hat sie nicht auf mich gemacht.«

»Julian wird einen guten Eindruck von ihr haben, sonst hätte er sie nicht mitgebracht. Vertrau deinem

Sohn, er wird schon wissen, mit wem er sich eingelassen hat.«

»Dass Jens sich hier einnistet, passt mir auch nicht.«

»Ach, der ist doch harmlos. Gönn ihm doch die Freude.«

»Wieso bringst du so viel Verständnis auf? Wer bist du? Etwa der Dalai Lama? «

»Jens Anwesenheit stört mich wirklich nicht. Ich habe dir vorhin doch schon gesagt, dass ich mit ihm kein Problem habe. Es war lediglich die Tatsache, dass du mir euer Treffen verschwiegen hast. Nur das hat mich geärgert. Mehr nicht.«

Ich habe die Spülmaschine gerade fertig bestückt und stelle sie an, als es an der Terrassentür klopft. Nicole steht draußen und fragt, ob sie einen Moment stören dürfe.

»Du störst doch nicht. Komm rein«, sage ich und wische nur noch rasch mit einem feuchten Tuch über die Arbeitsplatte, bevor ich ihr meine ungeteilte Aufmerksamkeit schenke.

»Es gibt ein Problem«, beginnt sie zögerlich. »Es geht um deine Mutter, Martin. Ich hätte ja nichts gesagt, aber die anderen Hotelgäste haben sich bereits beschwert. Könntest du nicht mal mit ihr reden?«

»Was hat sie denn diesmal Unmögliches angestellt? Sag nicht, sie steht wieder nackt auf dem Balkon und macht ihre Yoga-Übungen«, sagt er aufgebracht.

»Kein Yoga! Sie spielt Saxophon. Also, sie spielt nicht richtig. Sie lärmt, wäre die passendere Bezeichnung.«

»Saxophon?«

»Ja, auf ihrem Zimmer bei geöffneter Balkontür.«

»Die Frau bringt mich zur Weißglut«, schimpft der Sohn der Saxophonistin.

»Wo bleibt deine buddhistische Gelassenheit, die du noch vor wenigen Augenblicken so eindrucksvoll an den Tag gelegt hast?«, lache ich ihn aus.

»Sag ihr, sie soll sofort damit aufhören oder noch besser, du setzt sie gleich vor die Tür.«

»Super Idee, Martin. Dann wird sie hier bei uns im Wohnzimmer nackt auf dem Sofa schlafen und ihre Übungsstunden direkt vor deinen Ohren abhalten«, sage ich und kann noch immer nicht aufhören zu grinsen.

»Hast du eine bessere Idee?«

Ich wähle die gleichen Worte, die er mir gerade in Bezug auf Jens gesagt hat.

»Ach, sie ist doch harmlos. Gönn ihr doch die Freude.«

»Wie lange beabsichtigt sie zu bleiben? Hat sie sich dir gegenüber mal geäußert?«

Statt ihm zu antworten, stimme ich den Oldie von Sister Sledge an und singe aus voller Brust:

»We are family
I got all my sisters with me
We are family

Get up ev'rybody and sing.«

»Du kannst ja wirklich singen«, staunt Martin.

»Ich komme nicht mehr so hoch wie früher. Aber für die mittleren Töne reicht es immer noch.«

»Was ist denn nun? Redest du mit ihr, Martin?«, fragt Nicole, die es eilig hat, zurückzugehen.

»Besser ich übernehme das. Wenn es um seine Mutter geht, fehlt es meinem Mann häufig an Diplomatie.«

Gemeinsam mit Nicole verlasse ich das Haus. Unsere Wege trennen sich bereits vor dem Pavillon. Heimlich luge ich durchs Fenster, um zu sehen, was die vier gerade machen. Meine Enkel haben den Fernseher angestellt und hocken auf dem Flauschteppich direkt vor dem Bildschirm. Lena hängt Ihre Kleidung auf Bügel, und Lisa liegt auf dem Bett und starrt auf ihr Smartphone. Als ich den Wohnraum betrete, bitte ich die Jungs, einen größeren Abstand zum Fernseher einzunehmen und sich aufs Sofa zu setzen. Noch während ich mit ihnen spreche, kriecht mir ein merkwürdiger Geruch in die Nase.

»Wurde hier etwa geraucht?«, frage ich, und Valentin nickt.

»Lisa hat gequalmt«, petzt er. Ich gehe zu den Mädchen ins Zimmer und frage, ob sie klar kämen oder etwas bräuchten. Lena lächelt und bedankt sich. Sie meint, es sei alles bestens. Lisa würdigt mich keines Blickes. Sie ist ganz und gar auf ihr Handy fixiert.

»Lisa? Lisa! Würdest du hier drinnen bitte nicht rauchen.«

»Willst du mir etwa das Rauchen verbieten?«

»Ich kann dir schwerlich etwas verbieten, aber ich möchte dich bitten, nicht im Haus und nicht vor den Jungs zu rauchen.«

»Wenn es dich glücklich macht«, antwortet sie patzig, steht auf und geht hinaus.

»Es tut mir leid, Lotte. Ich kann mich nur für sie entschuldigen«, sagt Lena.

»Entschuldige dich nicht ständig für sie. Glaub mir, ich kann nachfühlen, was sie gerade durchmacht.«

»Ich mache das Gleiche durch wie sie. Auch meine Mutter ist gestorben, und dennoch benehme ich mich nicht so.«

»Es wird sich alles regeln, wenn ihr fest bei uns wohnt. Sobald Lisa wieder klare Strukturen hat, wird sie auch wieder die alte.«

»Fest bei euch wohnen? Du meinst, wir sind gar nicht nur auf Urlaub hier?«

»Ich wollte erst später mit euch darüber sprechen, aber ja, du hast Recht. Ich möchte, dass ihr beide ganz zu uns zieht. Hier kann ich mich besser um euch kümmern. Und mal ehrlich, hier ist nicht der schlechteste Platz, um sich niederzulassen.«

»Das geht nicht, Lotte! Ich stehe kurz vor dem Abi. Erwarte nicht von mir, dass ich im letzten Jahr die Schule schmeiße.«

»Wer redet denn davon, dass du die Schule schmeißen sollst? Du kannst dein Abi doch auch hier machen.«

»Ich weiß, du meinst es nur gut, aber ich brauche keinen Aufpasser.«

»Du vielleicht nicht, aber für Lisa ist es wichtig, aus Hamburg rauszukommen. Sie pflegt einen gefährlichen Umgang. Du siehst doch, wie sehr sie sich schon verändert hat.«

»Lisa, Lisa und nochmal Lisa. Alles dreht sich nur um sie. Ich habe schon genug für sie aufgegeben. Ihr habe ich zu verdanken, dass Gerald uns rausgeworfen hat. Ihretwegen verzichte ich auf Australien. Aber ich werde nicht nach Frankreich ziehen, weil es das Beste für sie ist. Ich muss auch mal an mich und meine Zukunft denken.«

»Wie soll es deiner Meinung nach weitergehen?«

»Ich werde in einigen Wochen volljährig. Die Frau vom Jugendamt hat den Kontakt zu einem Rechtsanwalt hergestellt. Er soll sich darum kümmern, dass mir die Ausbildungsversicherung ausbezahlt wird, die Mama für Lisa und mich abgeschlossen hat. Mit dem Geld werde ich wie geplant nach Australien gehen. Und Lisa nehme ich mit.«

»Lena, du bist noch so jung, du …«

»Ich bin im gleichen Alter wie du damals, als du als Sängerin durch die Welt getingelt bist.«

Danke, Jens Talbach. Recht herzlichen Dank! Mit deinem blöden Gerede hast du ihr gerade das weltbeste Argument geliefert.

»Oma?« Elias steht im Türrahmen und schaut mich mit großen Augen an.

»Was gibt es, mein Schatz?«

»Kannst du uns deutsches Fernsehen anmachen? Valentin hat umgeschaltet und nun ist alles verstellt.«

»Ich komme.«

Ich drücke einige Knöpfe und schon wird wieder auf Deutsch gesendet. Valentin krabbelt auf meinen Schoß und flüstert mir ins Ohr: »Ich hatte schon Angst, dass ich den Fernseher kaputt gemacht habe.«

»Angst? Vor mir brauchst du doch keine Angst zu haben, Schatz«, lache ich und drücke ihm einen Kuss auf den Kopf.

»Vor dir habe ich ja auch keine Angst.«

»Und vor wem ängstigst du dich?«

»Vor Daphne. Sie ist gemein«, flüstert er hinter vorgehaltener Hand.

»Was tut sie denn, dass dir bange wird?«

»Sie schimpft immer mit uns.«

»Stimmt das, Elias?«

»Ja, sie ist nur nett, wenn Papa da ist.«

»Sie ist ja bald weg. Schon übermorgen reist sie mit ihm zurück nach Hamburg. Und keine Sorge, hier schimpft niemand mit euch. Wir machen uns die weltbesten Ferien. Abgemacht?«

Ich strecke den Jungs meine flache Hand entgegen und sie klatschen sofort ab. Endlich strahlen sie wieder über das ganze Gesicht.

»Ich gehe jetzt rüber zu Martin. Bis Papa wieder da ist, könnt ihr gerne fernsehen. Aber wenn er zurück ist, unternehmen wir was Schönes.«

Ich suche Martin und finde ihn im Garten. Er hält den Wasserschlauch in der Hand und wässert die Obstbäume.

»Alfredo hat gesagt, dass sie die erste Zeit noch viel Wasser brauchen«, ruft er mir zu.

»Und Lena hat gesagt, dass sie nach Australien will. Sie ist fest entschlossen. Sie will Lisa mitnehmen. Sobald ihnen die Ausbildungsversicherung ausbezahlt wird, werden die beiden aufbrechen.«

»Siehst du. Es klärt sich alles von allein. Du hast dir mal wieder völlig umsonst Sorgen gemacht.«

»Aber das können wir nicht zulassen! Lena ist mit der Verantwortung für ihre Schwester doch völlig überfordert. Wir haben doch gesehen, was in Hamburg passiert ist.«

»Lotte!«, sagt er energisch. »Bitte mach die Augen auf! Schau dich hier mal um! Das ist unser Paradies! Hier wollen wir zusammen glücklich sein. Und wenn ich wir sage, dann meine ich uns beide. Und zwar nur uns beide!«

Ich komme nicht dazu, ihm zu sagen, dass mich seine Haltung zutiefst entsetzt, ich ihn für einen herzlosen Egoisten halte und ich mich frage, wie ich mich so in ihm täuschen konnte, denn ich höre im Haus mein Handy klingeln. Ich bin mir sicher, dass es meins ist. Der neue Klingelton lässt keinen Zweifel daran aufkommen

»Das Gespräch ist noch nicht beendet!«, sage ich scharf und laufe in die Küche. Julian ist der Anrufer.

»Mom, was macht ihr?«

»Die Kinder sehen fern, und Martin gießt die Bäume im Garten. Warum?«

»Ich hatte eigentlich vor, euch erst morgen einzuladen, aber angesichts der Umstände …«, lacht er amüsiert.

»Von welchen Umständen sprichst du?«

»Der Frisör meinte, es wäre nichts mehr zu retten. Jetzt trägt Daphne einen Bubikopf. Sie sieht aus wie Annie Lennox und hat seit einer halben Stunde einen Weinkrampf.«

»So schlimm?«

»Ehrlich, mir gefällt es. Aber das beruhigt sie nicht. Damit sie nicht den Rest des Tages heulend vor dem Spiegel verbringt, wollte ich vorschlagen, mein Vorhaben vorzuverlegen. Kannst du Nicole für mich fragen, ob sie für zehn Personen ein Abendessen zaubern kann?«

»Die Frage kann ich mir schenken. In der Nebensaison gibt es im Hotel nur Frühstück.«

»Kann sie nicht eine Ausnahme machen? Es wäre mir sehr wichtig.«

»Julian, wie soll das gehen? Die Kühlräume sind leer. Sie müsste erst einkaufen, nur um für uns zu kochen. Nicole ist Mutter eines Kleinkindes und hat ein Recht auf ihr Privatleben. Warum muss es denn unbedingt hier im Hotel stattfinden.«

»Weil im Ort die meisten Restaurants geschlossen sind und es sehr viel angenehmer wäre, nur die Treppe hinaufzugehen, als noch mit dem Wagen zu fahren. Ich habe nämlich einen feuchtfröhlichen Abend geplant.«

»Aus dem Plan wird nichts. Obwohl … das Mató hat ganzjährig geöffnet. Es ist kein Sterne-Lokal, aber sehr nett und das Essen ist ausgezeichnet. Und als Fahrer kannst du deinen Vater einspannen. Er hatte doch vollmundig verkündet, sich mehr für die Familie einzubringen. Jetzt kann er seinen Sprüchen mal Taten folgen lassen.«

»Wie heißt der Laden noch gleich?«

»Mató. Marta – Anton – Theodor – Otto mit Accent auf dem O.«

»Wäre es okay für euch, wenn ich uns für sieben Uhr einen Tisch reserviere? Sehr viel später sollte es wegen der Kinder nicht sein. Und ich will meine Jungs unbedingt dabei haben.«

»Wir werden fertig sein«, sage ich.

»Sagst du Papa und Linde auch Bescheid?«

»Wird erledigt.«

»Dann treffen wir uns alle um halb vor dem Hotel.«

»Gibt es einen Dress-Code, den wir beachten sollen?«

»Wie kommst du denn darauf? Nein, kommt wie immer. Um halb. Ich leg jetzt auf, Mom.«

Ich dachte ja nur. So spannend wie er es macht, gehe ich mal davon aus, dass er Daphne heute einen feierlichen Antrag machen will.

Martin kommt in die Küche und fragt, mit wem ich gesprochen habe. Als ich ihm sage, dass Julian uns alle um sieben Uhr zum Abendessen einlädt, sagt er: »Schon um sieben? Ich bin noch satt vom Mittag.«

»Ich gehe jetzt mit Jackson zum Hotel und gebe Jens und Linde Bescheid.«

»Vergiss nicht, sie auf das Saxophon anzusprechen.«

Ich habe mit dem Hund noch keine zwanzig Meter zurückgelegt, da werden wir schon von Elias und Valentin verfolgt. Sie bestehen darauf, uns zu begleiten. Ich stimme sofort zu. Eine bessere Gelegenheit, die beiden über Daphne auszufragen, gibt es schließlich nicht. Ich muss wissen, wer diese Person ist, vor der mein Sohn heute auf die Knie gehen will.

»Wie lange ist Daphne schon euer Kindermädchen?«

»Wenn du mich fragst, zu lange, Oma«, knirscht Elias.

»Wohnt sie schon bei euch?«

»Das hätte sie wohl gern.«

»Warum schimpft sie mit euch?«

»Sie braucht keinen Grund.«

Elias Antworten bringen mich kein Stück weiter. Liegt es an meiner Fragetechnik, oder warum werden sie nicht konkret? Ich starte einen letzten Versuch.

»Warum könnt ihr sie nicht leiden?«

»Weil sie gemein ist.«

Gut, soweit waren schon. Ich beende meine Befragung und nehme Jackson an die Leine. Weil der Empfang nicht besetzt ist, umrunde ich den Counter, um selbst nachzuschauen, in welchem Zimmer Jens untergekommen ist. Aber ich finde keine Eintragung auf den Namen Talbach. Gut, dass Nicole gerade um die Ecke kommt. Sie sagt, Jens hätte das Zimmer im Erdgeschoss bezogen.

»Warum finde ich ihn nicht im System?«

»Er ist euer Gast und ich dachte …«

»Falsch gedacht, Nicole. Wenn er hier wohnen will, wird er auch zahlen. Und zwar den regulären Preis. Wenn ich es schon nicht ändern kann, dass er mir die kostbare Zeit mit den Enkeln stielt, soll er wenigstens blechen.«

»Und was ist mit deiner Schwiegermutter, deinem Sohn und seiner Begleitung?«

Mist! Jetzt hab ich mir ins eigene Fleisch geschnitten. Aus der Nummer komme ich nur raus, wenn ich zu meinen Worten stehe.

»Für die zahle ich natürlich.«

Ich bin noch immer in Gedanken und rechne im Kopf aus, was mich meine unüberlegte Ansage kosten wird, als ich bei Linde an die Zimmertür klopfe.

»Ausgeschlafen?«, frage ich, obwohl ich weiß, dass sie gar nicht geruht hat. »Lust auf einen Kaffee? Ich kenne mich mit der Maschine vom Hotel aus und könnte uns einen leckeren Latte zaubern, den wir auf der Terrasse trinken könnten.«

»Wieso? Bin ich bei euch im Haus unerwünscht?«

»Nein! Wie kommst du denn darauf?«

»Warum müssen wir den Kaffee denn hier und können ihn nicht bei euch trinken? Weißt du, eigentlich bin ich gekommen, um Zeit mit dir und Martin zu verbringen. Stattdessen hocke ich hier allein auf dem Zimmer. Dann hätte ich auch zu Hause bleiben können.«

»Hier und jetzt mit dir einen Kaffee zu trinken ist mir ganz spontan in den Sinn gekommen. Wie kommst du auf die absurde Idee, du wärst nicht gern bei uns gesehen?«

Ich glaube, sie weint. Ihre mit Tränen gefüllten Augen zu sehen tut mir in der Seele weh. Ich nehme sie ganz fest in den Arm und sage: »Du bist verrückt, wenn du glaubst, wir hätten dich nicht gern bei uns. Warum bist du nach dem Essen gleich abgehauen? Du sollst doch lediglich die Nacht hier verbringen.«

»Ich wollte ja wiederkommen, aber der Weg zwischen dem Hotel und eurem Haus ist zu Fuß einfach zu beschwerlich für mich.«

»Warum setzt du dich nicht in deinen Flitzer und kommst vorgefahren?«

»Vor eurem Haus ist doch alles zugeparkt.«

»Schon am Sonntagmorgen verschwindet der Van. Dann hast du genug Platz für deinen Sekretärinnen-Porsche.«

»Es heißt Hausfrauen-Porsche oder Sekretärinnen-Ferrari.«

»Auch gut. Was ist jetzt mit dem Kaffee? Wollen wir noch einen auf die Schnelle, bevor es in den Ort geht? Julian lädt in eine Brasserie ein. Er will etwas Wichtiges verkünden und uns alle dabei haben. Dich auch!«

»Mich auch?«

»Wir sind jetzt eine Familie, Linde. Apropos Familie. Ich muss Jens auch noch Bescheid sagen.«

Olivenkern

Um Punkt halb sieben haben wir uns vor dem Hotel versammelt und wären abfahrbereit, wenn … ja, wenn wir nicht wieder auf Daphne warten müssten. Ich frage Julian, wo sie bleibt. So langsam nimmt ihre Trödelei Form an. Warum musste ich mich abhetzen und mit den Kindern im Laufschritt zum Hotel eilen, wenn Daphne sich mal wieder Zeit lässt. So langsam werden auch die anderen ungeduldig. Martin hat die zündende Idee, die Wagen zu tauschen.

»Nimm du meinen Porsche, Julian. Wir fahren mit dem Van schon mal vor.«

Während der Fahrt verkündet Valentin stolz, dass er heute ganz lange aufbleiben dürfe, obwohl nicht Silvester sei. Linde und Jens erklären, dass sie noch gar keinen Hunger hätten. Lena will wissen, warum wir überhaupt zum Essen ausgehen, schließlich haben wir doch bereits fürstlich zu Mittag gespeist. Lisa tippt in ihr Handy.

Trotz Nachsaison ist das Mató gut gefüllt. Weil Martin keine ausreichend große Parklücke vor dem Lokal findet, bittet er uns, auszusteigen und vorzugehen. Ohne uns will er sich auf die Suche nach einem geeigneten Parkplatz für diese Riesenkarre machen.

»Für Talbach?«, fragt der Kellner und zeigt auf einen großen Tisch im Innenraum. Schade, denke ich, denn ich hätte viel lieber wieder draußen unter den Heizpilzen gesessen.

»Hier ist Rauchen nicht gestattet«, sage ich zu Lisa, die sich sofort, nachdem sie sich gesetzt hat, eine Zigarette anstecken will.

»Rauchen kann tödlich sein«, sagt Valentin, und Lisa schimpft ihn einen kleinen Schlaukacker. »Das steht auf deiner Packung. Kannst du nicht lesen?«

»Halt doch die Klappe, du Wurm!«, setzt sie nach. Martin, der zwischenzeitlich eingetroffen ist, zieht die Brauen hoch.

»Gut, dass man uns hier nicht versteht. Es hat auch Vorteile, dass die Franzosen kein Deutsch verstehen«, sagt er und wirft einen Blick in die Getränkekarte. Lisa erhält von ihrer Schwester einen Stoß in die Rippen und einen Blick, der sie auffordert, sich zu benehmen.

»Wein, Schatz? Oder worauf hast du Lust?«, werde ich gefragt und schaue zu Linde und Jens. Ob sie sich uns anschließen wollen, will ich wissen. Doch die beiden möchten lieber einen Aperitif und entscheiden sich für Pastis mit Wasser.

»Den nehme ich auch, aber mit Cola«, sagt Lisa.

»Sicher«, lacht Martin und winkt den Ober an den Tisch. »Zwei Pastis mit Wasser und für die Jungs Apfelsaft. Lena? Du auch einen Saft? Dann also dreimal Apfelsaft. Für meine Frau und mich bitte eine Flasche

Rosé. Die junge Dame, die gerade mit ihrem Handy beschäftig ist, bekommt eine Cola. Vielen Dank.«

Der Ober fragt, ob wir auch speisen möchten, und bietet an, uns die Karten zu bringen.

»Wir sind noch nicht komplett und warten noch auf die Gastgeber. Aber wenn Sie uns schon die Getränke bringen könnten, wäre das sehr nett von Ihnen.«

Völlig verblüfft schauen Linde und ich uns an. Martin hat mit dem Ober gerade Französisch gesprochen.

»Schatz, das war toll«, lobe ich ihn.

»Wie kommt es so plötzlich?«, will Linde wissen.

»Ich habe einen Online-Coach, der täglich zwei Stunden mit mir büffelt. Bis Lektion 5 habe ich es drauf. Nur diese blöden Zahlen machen mir noch zu schaffen.«

»Ich liebe dich, Martin Seibert. Du schaffst es immer wieder, mich zu verblüffen«, flüstere ich ihm leise zu und gebe ihm einen Kuss.

»Wer flüstert, der lügt«, sagt Jens und grinst.

»Ich lüge nie!«

»Wo bleibt Papa denn nur so lange?«, nörgelt Valentin. Ich sehe den Porsche vorfahren und sage, dass er gerade einparkt.

»Ach du Schreck. Wie sieht die denn aus?, lacht Elias, und auch ich muss mich zusammenreißen, um mein Entsetzen zu verbergen, als ich Julian und Daphne auf uns zukommen sehe.

»Flott«, lobt Jens ihre neue Frisur, und ich weiß nicht, ob er dreist lügt oder an Geschmacksverirrung leidet. Martin umgeht das Thema Haare geschickt und erklärt, dass wir uns erlaubt haben, schon mal Getränke zu bestellen.

»Ich wusste gar nicht, dass Daphne so riesige Ohren hat«, lacht Elias. Und sein Bruder setzt noch einen drauf: »Die stehen ab wie bei einem Elefanten.«

Dumbo Lennox findet das gar nicht komisch.

»Und wem hab ich den Kurzhaarschnitt zu verdanken? Sei lieber still, du Monsterkind!«

»Wo haben Sie eigentlich Ihre Ausbildung zur Erzieherin gemacht, Daphne?«, frage ich. Obwohl das nur ein Seitenhieb war, antwortet sie mir.

»Gar nicht, Frau Seibert. Ich studiere noch. Kinderbetreuung mache ich nur nebenher.«

»Und was studieren Sie?«, fragt Jens interessiert.

»Theaterwissenschaften.«

Weil er sich darunter nichts vorstellen kann, fragt er noch einmal nach.

»Darunter versteht man die wissenschaftliche Beschäftigung mit theatralen Phänomenen von der Antike bis zur Gegenwart.«

»Und wenn Sie sich mit theatralen Phänomenen auskennen, was machen Sie dann beruflich?«, fragt Linde.

»Irgendwas beim Film oder Fernsehen.«

»Aha«, sagen wir im Gleichklang und sind genau so schlau wie vorher. Julian will wissen, ob der Wein schmeckt und ich reiche ihm mein Glas, damit er probieren kann.

»Lass das!«, fährt Valentin seinen Bruder an.

»Was ist denn nun schon wieder los? Könnt ihr euch nicht einmal zusammenreißen?«, schimpft Julian. Ich habe keine Ahnung, warum er so gereizt reagiert. Die beiden kabbeln sich doch nur. Das ist doch normal unter Geschwistern. Jetzt ist es passiert und Elias hat sein Glas umgeworfen und ein Achtel Liter Saft ergießt sich über den Tisch.

»Das kann doch nicht wahr sein! Warum bist du nur so ungeschickt?«, fährt Daphne ihn an, und er bricht sofort in Tränen aus.

»Das kann doch mal passieren«, besänftigt Jens und fängt sich einen bitterbösen Blick von ihr ein.

»Ja, mal kann so was passieren. Ihm passiert es aber ständig. Jetzt hat er mir auch noch den Rock versaut! So langsam hab ich das Gefühl, du legst es darauf an!« Sofort eilt der Ober herbei und bringt Servietten, mit denen er den Tisch säubert. Daphne fragt ihn, wo die Toiletten sind, und verlässt wutschnaubend den Tisch.

»Meine Güte, seid ihr ungeduldig mit den Kindern«, platzt es aus mir heraus. Martin greift nach meiner Hand. Er erhöht den Druck und fordert mich auf diese Weise auf, den Mund zu halten. Ich verstehe und schweige. Mit mir schweigen alle am Tisch.

»Ich geh nach draußen eine rauchen«, sagt Lisa und erhebt sich vom Stuhl. »Was herrscht hier bloß für eine Scheißstimmung? Ich wäre besser nicht mitgekommen.«

Treffender hätte ich es auch nicht ausdrücken können!

Ein lautes »Huhu«, bewahrt mich davor, etwas zu sagen, was ich später bereuen könnte. Ich sehe Marie und Sarah, die ohne Begleitung an einem Zweiertisch auf der Terrasse sitzen und mir zuwinken.

»Dort sitzen meine Donnerstagsfrauen. Ich will nur rasch Hallo sagen.«

Ich entschuldige mich für einen Moment und verspreche, gleich wiederzukommen.

»Familienausflug?«, fragt Marie und ich nicke. Sie kneift die Augen zusammen, so wie es jemand tut, der seine Brille nicht dabei hat, und schaut zu unserem Tisch.

»Ist das nicht dein Ex aus dem Supermarkt, der neben Martin sitzt? Ich hatte dir doch gesagt, du sollst nur einen Kaffee mit ihm trinken. Mehr nicht! Dachte ich doch, dass du ihn nicht wieder los wirst. Genau das ist auch mir passiert«, lacht sie.

»Er ist nicht für die schlechte Stimmung am Tisch verantwortlich.«

»Stimmt, die machen alle recht betrübte Gesichter. Was ist los bei euch?«

»Nicht heute, Marie. Ich berichte euch am Donnerstag.«

»Aber wir treffen uns nur hier und fahren dann weiter zur Strandbar. Dort hat es einen Besitzerwechsel gegeben. Die neuen sollen auch aus Hamburg kommen. Ich denke, wir sollten den Ahnungslosen mal einen Besuch abstatten.«

»Wieso ahnungslos?«

»Was glaubst du, was die außerhalb der Saison für einen Umsatz machen? Bis zum Sommer sind die längst pleite.«

»Ich würde viel lieber hier bei euch sitzen und mit euch quatschen, aber ich muss zurück zu meiner Sippe.«

»Ist der gutaussehende junge Mann dein Sohn?«

»Ja, das ist Julian. Die beiden kleinen Männer sind meine Enkelsöhne. Und die blonde Frau mit dem Kurzhaarschnitt, die sich gerade hinsetzt, ist …«

»… ist die Zicke, der Claire vorhin die Haare geschnitten hat. Ist die etwa auch mit dir verwandt?«

»Noch nicht, aber ich befürchte, dass mein Sohn heute noch eine Dummheit begehen und um ihre Hand anhalten wird.«

»Die armen Kinder!«, sagt Sarah, und ich will auf der Stelle wissen, was sie damit meint.

»Du hättest hören sollen, wie abfällig sie sich über die Kleinen geäußert hat. Allerdings wusste ich da noch nicht, dass es sich um deine Enkel handelt.«

»Was hat sie denn gesagt?«

»Lotte, kommst du bitte. Der Ober nimmt jetzt die Bestellung auf«, ruft Martin nach draußen und winkt meinen Tratschtanten kurz zu.

»Bleibt ihr noch länger?«, frage ich.

»Sicher, wir sind doch gerade erst gekommen.«

»Dann treffen wir uns später auf dem Klo, und du erzählst mir haargenau, was sie gesagt hat. Okay, Sarah?«

»Okay.«

Keiner von uns hat richtigen Hunger. Nur weil wir Julian nicht enttäuschen wollen, bestellen wir eine Kleinigkeit. Eine angeregte Unterhaltung kommt einfach nicht zustande. Erst als Martin und Julian über das Geschäft sprechen, haben die beiden ein Thema gefunden. Nach dem Essen macht Jens den Vorschlag, mit den Enkeln über die Straße zum Boule-Platz zu gehen, um zu schauen, ob noch Leute dort sind, die unter der hellen Beleuchtung der Straßenlaternen ein Spielchen machen. Lena und Lisa schließen sich ihnen an, und so kann ich Linde unbemerkt anstupsen. Ich signalisiere ihr mit einem durchdringenden Blick, dass sie mitspielen soll, und sage: »Na klar, begleite ich dich auf die Toilette.«

Linde kapiert und erhebt sich vom Stuhl. Erst als wir die Küche passieren, fragt sie nach dem Warum.

»Das wir werden gleich erfahren«.

Eine Minute später betreten Marie und Sarah den Raum. Ich stelle ihnen meine Schwiegermutter vor und bitte Sarah, uns zu erzählen, was sich am Nachmittag im Salon abgespielt hat.

»Wie gesagt, sie hat sich sehr abfällig über die Jungen geäußert und sie als verwöhnte und verzogene Bälger betitelt, die mal wieder eine Tracht Prügel verdienen.«

»Mal wieder? Hat sie das wirklich so gesagt?«

»Das waren genau ihre Worte.«

»Ich hatte von Anfang an das Gefühl, dass sie die Kinder nicht gut behandelt. Die Art, wie sie mit ihnen spricht, bereitet mir eine Gänsehaut. Sollte sie meine Jungs tatsächlich schlagen, wird sie mich kennenlernen!«, schimpfe ich und will auf dem Absatz kehrtmachen, aber Linde hält meinen Arm fest. Was ich denn vorhabe, will sie wissen.

»Ich werde sie zur Rede stellen und verhindern, dass Julian dieser Kinderschänderin einen Heiratsantrag macht, denn nur aus diesem Grund sitzen wir hier zusammen.«

»Ich denke, du solltest hier keine Szene machen. Noch hast du nicht mehr als einen Verdacht. Sie wird alles abstreiten, und zum Schluss stehst du als die Dumme da.«

»Ich soll seelenruhig dabei zusehen, wie Julian vor ihr auf die Knie geht? Vergiss es, Linde!«

»Das lässt sich auch anders verhindern. Vertrau mir, Lotte. Ich bin auf deiner Seite.«

»Was schwebt dir denn vor?«

»Sobald Julian Anstalten macht, seinen Ring zu zücken, werde ich einen Olivenkern verschlucken und einen spektakulären Erstickungsanfall vortäuschen. Kurz danach wirst du Martin bitten, mich ins Hotel zu fahren und darauf bestehen, uns zu begleiten. Demzufolge müssen wir den Van nehmen. Das ist dann das Ende dieser Veranstaltung, und du kannst mit Julian ganz in Ruhe über deine Bedenken sprechen.«

»Linde, du bist 'ne Wucht!«, lobe ich sie.

Als Linde und ich zurückkehren, sitzen noch immer nur Martin, mein Sohn und Daphne am Tisch. Der Ober kommt und fragt nach unseren Dessertwünschen.

»Ich glaube, wir verzichten«, sagt Julian und bestellt zwei Flaschen Champagner.

»Champagner?«, fragt Martin verwundert. »Gibt es einen besonderen Grund?«

»Geduld, gleich wirst du es erfahren.«

Mir wird zunehmend schlecht. Als Julian Daphne bittet, Jens und die Kinder zurückzuholen, greift Linde in das Schälchen mit den Oliven, steckt sich eine in den Mund und zwinkert mir zu. Marie und Sarah haben ihre Stühle umgestellt. Jetzt haben sie direkten Blick auf das bevorstehende Spektakel. In mir steigt die Spannung bis ins Unerträgliche. Ich kann nicht länger an mich halten und sage zu Julian: »Zeig doch mal!«

»Was soll ich dir zeigen, Mom.«

»Na, den Ring, den du für Daphne ausgesucht hast.«

»Lass doch die Scherze, Mom. Und hör endlich auf, mir eine Frau anzudrehen. Ich bin Single, und das ist auch gut so.«

»Du hast gar nicht vor, Daphne einen Antrag zu machen?«, frage ich erleichtert.

»Daphne einen Antrag machen? Nee, ganz sicher nicht. Sie kümmert sich um die Kinder, mehr nicht.«

»Und weshalb hast du sie dann mitgebracht?«

»Sie sollte dich mit Elias und Valentin unterstützen. Ich hab es nur gut gemeint. Mittlerweile weiß ich, dass das unnötig war. Ich weiß, du kommst ganz allein klar, das hast du mir ja unmissverständlich zu verstehen gegeben.«

»Und warum hast du auf ein gemeinsames Hotelzimmer bestanden?«

»Hast du dir mal ihre Figur angesehen?«, lacht er. »Martin, erklär du meiner Mutter, dass sich ein Mann so eine Gelegenheit nicht entgehen lässt.«

»Linde, du kannst den Olivenstein wieder ausspucken«, sage ich trocken und trinke den Rest aus meinem Weinglas in einem Zug aus.

»Aber was willst du denn verkünden?«, fragt meine Schwiegermutter.

»Wartet. Da kommen sie. Ich will, dass Elias und Valentin dabei sind, wenn ich euch die Bilder zeige.«

Egal, was Julian uns gleich zeigen wird, es wird mir gefallen. Ich kann gar nicht in Worte fassen, wie erleichtert ich bin. Noch nie zuvor war ich so froh, mich geirrt zu haben.

»Setzt euch und sperrt eure Lauscher auf«, sagt Julian und grinst über das ganze Gesicht. Er zückt sein Handy und reicht es Elias. »Was siehst du?«, fragt er ihn.

»Ein Haus.«

»Nicht irgendein Haus. Das ist unser Haus.«

»Du hast ein Haus gekauft?«, fragt Jens und nimmt Elias das Handy ab. »Was für ein Schuppen. Ist das ein Mehrfamilienhaus?«

»Das könnte man meinen, aber nur wir drei Talbach-Männer werden darin wohnen. Im Erdgeschoss soll das Büro entstehen, damit ich künftig von zu Hause aus arbeiten kann und näher an meinen Jungs bin.«

Jens reicht das Handy weiter und Martin fragt, in welchem Stadtteil sich die herrschaftliche Villa befindet.«

»Keine zwei Straßen von unserem jetzigen Zuhause entfernt. Valentin und Elias müssen die Schule nicht wechseln.«

Zufrieden schaue ich zu Marie und Sarah hinaus. Ihre wilden Gesten bringen mich zum Lachen. Ich stehe auf und gehe zu ihnen.

»Die Show fällt aus. Ihr braucht nicht bis Donnerstag zu warten. Den Grund kann ich auch gleich verraten. Kommt mit rüber an unseren Tisch. Ich will euch meine Mischpoke vorstellen.«

Als hätte jemand den Stecker gezogen, herrscht plötzlich eine ausgelassene Stimmung am Tisch. Mit Ausnahme von Lisa, sie ist nach wie vor mit ihrem Handy beschäftigt, haben sich kleine Gesprächskreise gebildet. Jens hat in Sarah ein willkommenes Opfer gefunden. Sie hört sich schon länger als eine Stunde seine langweiligen Seefahrergeschichten an, die ich schon im Schlaf mittsingen kann. Die Jungs sitzen zwischen Martin und ihrem Vater und diskutieren über die künftige Zimmeraufteilung. Linde lässt sich von Lena berichten, wie sie gegen Gerald anwaltlich vorgehen will, während Daphne nur stumm da sitzt und unentwegt an ihren Haaren zupft. Marie und ich unterhalten uns im Flüsterton. Sie will wissen, ob ich Julian von Daphnes Äußerungen erzählen werde. Marie würde es an Ort und Stelle tun.

»Ich will allein mit ihm sprechen. Dafür muss ich einen passenden Moment abwarten. Viel Zeit bleibt mir nicht, denn schon am Sonntag wird er wieder abreisen. Allerdings bezweifle ich, dass er sie aufgrund meiner bloßen Vermutungen feuern wird. Julian wird sie darauf ansprechen, und sie wird es leugnen. Sollten Elias und Valentin ihm auch wieder nur sagen, dass Daphne gemein ist, habe ich verdammt schlechte Karten.«

»Und was hast vor?«

»Ich weiß nicht, ob es klappt, aber es ist einen Versuch wert«, sage ich und nehme mein Handy aus der

Handtasche. Gleich wird es bei Nicole bimmeln und sie wird folgende Kurzmitteilung von mir erhalten.

Kannst du mir dein Babyphone borgen? Bitte lege es hinter den Empfangstresen. Ich hole es mir gleich ab.

Ich frage Martin, ob er noch fahren dürfe. Er schüttelt den Kopf. Auch Jens und Julian meinen, sie hätten schon zu viel getrunken und wollen es nicht darauf ankommen lassen. Gut, dass ich mich zurückgehalten habe. So steht meinem Plan nichts mehr im Weg.

»Warum fragst du, Mom. Willst du etwa schon los?«

Ich schaue demonstrativ auf die Uhr und sage: »Für die Kinder wird es Zeit. Wir können ja noch zu Hause weiter feiern. Marie wird uns zwei Taxen bestellen.«

»Aber wir passen doch nicht alle in zwei Wagen, Schatz«, wirft Martin ein.

»Doch, ich fahre den Porsche zurück und nehme Julian mit. Dann hab ich meinen Sohn wenigstens mal für ein paar Minuten für mich.«

Obwohl Julian noch nicht ausgetrunken hat und gerne noch bleiben möchte, folgt er mir. Auf seine Frage, warum ich so plötzlich nach Hause will, antworte ich ihm, dass ich dringend und unter vier Augen mit ihm sprechen muss.

»Es geht um Daphne. Sie ist nicht gut zu den Jungs.«

»Wie kommst du denn darauf?«

»Hörst du nicht, wie sie mit ihnen spricht?.«

»Sie war sauer wegen des Kaugummis. Das ist doch verständlich.«

»Die Jungs haben Angst vor ihr. Elias hat es mir selbst gesagt. Und ich befürchte, sie belässt es nicht nur bei verbalen Attacken. Sie hat Claire, der Frisörin, die auch meine Bekannte ist, gesagt, dass die Jungs mal wieder eine Abreibung verdienen. Mal wieder!«

»Wenn es wirklich so wäre, wie du behauptest, hätten die Jungs doch längst was zu mir gesagt.«

»Wann denn, Julian? Du hast doch kaum Zeit für sie. Bitte glaub nicht, dass ich dir Vorwürfe mache. Schließlich weiß ich, wie schwer du es seit Larissas Tod hast. Aber dieser Frau darfst du die Kinder nicht länger anvertrauen.«

»Du irrst dich! Sie geht sehr liebevoll mit ihnen um.«

»Ja, wenn du dabei bist. Lass uns herausfinden, wie liebevoll sie die Jungs gleich ins Bett bringt. Ich habe Nicole gebeten, mir das Babyphone zu borgen. Das stellen wir gleich im Pavillon auf, und dann werden wir ja hören, was nebenan passiert.«

»Wenn du meinst«, sagt er, und ich bin mir sicher, dass er meinem Vorschlag nur zustimmt, um mich vom Gegenteil zu überzeugen.

In Windeseile habe ich Sender und Empfänger verteilt und probiere nun mit Julian aus, ob es funktioniert. Seine Stimme ist klar und deutlich zu verstehen. Gerade fahren die Taxen vor, und er geht hinaus, weil er darauf besteht, die Fahrten zu bezahlen.

Zuerst stürmen die Jungs ins Haus. Sie sind ganz aufgekratzt und berichten mir, was sie gerade mit Martin und Opa besprochen haben.

»Wir bauen hier einen eigenen Boule-Platz.«

»Aha«, sage ich nur knapp.

»Nur wir Männer! Du darfst nicht helfen!«

»Da bin ich aber enttäuscht«, lache ich und schaue Martin fragend an.

»Warum nicht? Wir haben doch Platz genug. Und wenn Jens und ich zwei so kräftige Helfer haben, sollte das doch ein Klacks sein.«

»Jens und du?«

»Ja, wir sind per Du.«

»Aha«, sage ich zum zweiten Mal. Die Tür klappt, und ich weiß, dass nun alle im Haus sind. Lisa durchkreuzt meinen ausgeklügelten Plan. Sie bittet mich um den Schlüssel für den Pavillon, weil sie schlafen gehen will. Das passt mir gar nicht. Ich kann nicht zulassen, dass sie jetzt rübergeht.

»Noch nicht, Lisa. Ich habe den ganzen Abend kein Wort mit dir wechseln können.«

Endlich kapiert auch Julian. Er ruft die Jungs und eröffnet ihnen, dass es jetzt Zeit fürs Bett sei. Wie erwartet widersprechen sie laut.

»Du hast gesagt, wir dürfen bis Mitternacht aufbleiben!«

»Wenn ihr morgen einen Boule-Platz bauen wollt, müsst ihr ausgeschlafen sein«, sage ich.

»Daphne, bist du so lieb und bringst die beiden ins Bett?«

»Kommst du noch und sagst uns Gute Nacht, Papa?«

»Das mache ich jetzt. Gute Nacht, ihr beiden Rabauken. Und Zähneputzen nicht vergessen!«

Als sie die Haustür zuklappt, fragt Martin, was wir trinken möchten.

»Wein, Bier, Whisky, Wasser, Limo …«

»Ruhe! Seid doch alle mal still!«, fauche ich und stelle mich näher an den Empfänger. Es rauscht, doch nun ist Daphnes Stimme zu hören.

»Und ein bisschen Tempo! Sonst mach ich euch Beine!«

»Was soll das?«, fragt Martin.

»Still!«, fahre ich ihn an.

»Papa hat gesagt, wir müssen noch Zähneputzen«, hören wir Elias sagen.

»Und ich sage, ihr sollt eure Schlafanzüge anziehen. Und zwar ein bisschen dalli, sonst …?«

»Sonst gibt es wieder Backenfutter«, sagt Valentin.

»Reicht dir das?«, frage ich Julian, aber er antwortet mir nicht, sondern stürmt aus dem Haus.

»Was war denn das?«, fragt Jens.

»Psst! Verdammt!«

»Wie redest du mit meinen Kindern? Und was bedeutet Backenfutter? Gib mir Antwort, Daphne!« Julian ist außer sich. »Hat sie euch je wehgetan? Sag es mir, Valentin. Du brauchst keine Angst zu haben.«

Wir können nicht verstehen, was der Kleine antwortet. Dafür ist Julian umso deutlicher zu verstehen. Er schreit: »Mach, dass du hier rauskommst! Hol deine Sachen aus dem Hotel und dann verschwinde! Und wage es nicht, dich meinen Kindern noch einmal zu nähern!«

»Du kannst mich doch nicht einfach vor die Tür setzen?«

»Und ob ich das kann! Siehst du? So einfach ist das.«

Die Stimmen verstummen für einen Moment. Dann hören wir Valentin fragen, ob sie wiederkommt.

»Nein, mein Schatz. Die kommt nie wieder. Das verspreche ich euch.«

Nach Daphnes Rauswurf kommt unsere Wiedersehensfeier richtig in Schwung. Jetzt fehlt es uns nicht an gemeinsamem Gesprächsstoff. Jens meint, er könne sich gar nicht erklären, wie er sich in dieser jungen Frau so täuschen konnte. Sie habe auf ihn doch einen so netten Eindruck gemacht. Ich glaube, es waren eher Daphnes Möpse, die ihn so beeindruckt und ihm den Blick vernebelt haben, und genau das sage ich auch.

»Lotte hatte gleich ein ungutes Gefühl«, sagt Linde und lobt mein feines Gespür.

»Genau, Lotte hat den absoluten Durchblick«, frotzelt Martin. »Deshalb dachte sie auch, Julian und Daphne wären ein Paar.«

Ich werde ausgelacht. Sogar Lisa macht sich über mich lustig. Sie hat tatsächlich ihr Handy für einen Moment aus der Hand gelegt. Was für ein Tag.

Nachnahme

Weil die Männer auch nach zwei Stunden keine Anstalten machen, sich vom Frühstückstisch zu erheben und noch immer im Internet nach Anleitungen für den Bau einer Boule-Bahn suchen, schlage ich den Kindern vor, die Sonne auszunutzen und an den Pool zu gehen.

Elias und Valentin üben Kopfsprünge, von denen Linde mit meinem Handy kurze Videos dreht. Lena klettert nach einigen Bahnen aus dem Wasser und lümmelt sich in ein Badetuch gewickelt auf die Liege, um zu lesen, während Lisa mit Rollkragenpullover und einer winddichten Steppjacke bekleidet für keine Sekunde lang ihr Handy aus der Hand legt. Es liegt mir auf der Zunge, sie zu fragen, ob ich ihr noch eine Mütze und einen Schal reichen soll. Stattdessen frage ich sie, wem sie fortlaufend schreibt. Statt mir zu antworten, verzieht sie nur missmutig das Gesicht.

»Vermutlich Markus«, antwortet ihre Schwester für sie.

»Ist Markus dein Freund?«, frage ich listig, obwohl ich genau weiß, um wen es sich bei diesem miesen Typen handelt. »Lisa, ich habe dir eine Frage gestellt«, bohre ich nach, nachdem sie mich erneut ignoriert hat.

»Ich kann das Handy ausmachen, wenn du darauf bestehst. Schließlich ist es deins und du zahlst die

Rechnung«, giftet sie, und ich sage, dass das eine sehr gute Idee sei. Ich schlage ihr vor, sich der viel zu warmen Klamotten zu entledigen und mit uns das schöne Wetter zu genießen.

»Zu viel Sonne fördert Hautkrebs. Es reicht doch, dass meine Mutter an dieser Scheißkrankheit krepiert ist. Willst du, dass auch ich daran verrecke? Dann musst du es nur sagen!«

»Lisa!«, empört sich Lena über den frechen Ton ihrer Schwester und setzt sich auf. »So kannst du doch nicht mit Lotte sprechen? Was denkst du dir nur?«

»Lass sie«, entgegne ich und nehme mir vor, erst ein ernstes Gespräch mit der kleinen Kratzbürste zu führen, sobald wir allein und ungestört sind. Eine kurze Autofahrt in den Ort scheint mir eine passende Gelegenheit für ein Vieraugengespräch zu sein.

»Begleitest du mich später in den Ort? Ich möchte dich gern auf einen Pink Cup einladen.«

»Was ist das? Ein Cocktail?«

»Nein, ein leckerer Eisbecher. Erdbeer-, Himbeer- und Johannisbeereis mit roten Früchten, Saft und Schlagsahne.«

»Dürfen wir auch mit?«, fragt Valentin. Besser ich hätte das Wort Eis nicht in seiner Gegenwart erwähnt, denn nun bin ich in Erklärungsnot.

»Ich möchte mit Lisa einen Frauennachmittag verbringen. Wenn ihr wollt, könnt ihr später mit Martin zur Eisdiele fahren«, schlage ich vor und sehe, dass beide Enkel enttäuscht einen Schmollmund ziehen. Ihren Einwand, dass sie zu dritt gar nicht in seinen Porsche passen, kann ich schnell entkräften. »Lisa und ich werden Martins Wagen nehmen. Ihr Männer könnt mit dem Van fahren.«

Ich denke, es ist dem Porsche geschuldet, dass Lisa zustimmt, mich zu begleiten, denn mit dem Eisbecher habe ich sicher nicht gepunktet.

Schon während der Fahrt erhalte ich eine weitere Kostprobe ihrer Frechheiten.

»Ist es hier nicht Pflicht, einen Führerschein zu machen? Die fahren alle wie die Henker! Schau dir nur diesen Spinner auf dem Motorrad an. Der fährt tatsächlich ohne Helm. Unfassbar! Aber was will man von einem Bimbo auch anderes erwarten?«

Jetzt reicht es mir. Mit ihrer abfälligen Bemerkung über den dunkelhäutigen Biker hat sie den Bogen eindeutig überspannt, und ich rufe aufgebracht: »Was zum Teufel ist nur los mit dir? Was hast du dir bloß für eine Sprache angewöhnt? Und was bedeutet Bimbo?«

»Bimbo bedeutet dummer Nigger«, gibt sie wie selbstverständlich zurück. Ich trete ohne Vorwarnung so stark auf die Bremse, dass wir augenblicklich nach vorn und wieder zurück in den Sitz geschleudert werden.

»Wer bist du?«, schreie ich sie an. »Ich erkenne dich nicht wieder! Was ist aus dem zauberhaften Mädchen geworden, das du noch vor Kurzem gewesen bist? Wie kommst du auf die Idee, den Motorradfahrer dumm zu nennen. Du kennst ihn doch gar nicht. Was deine Ausdrucksweise angeht, war ich bereit, dir so Einiges durchgehen zu lassen, mit deiner rassistischen Äußerung hast du die Grenze meiner Toleranz jedoch um ein Vielfaches überschritten!«

»Ich habe ja nur gemeint, dass er ein Ausländer ist«, versucht sie zu beschwichtigen.

»Das bist du auch! Hier in Frankreich bist auch du eine Ausländerin. Wie würde es dir gefallen, wenn die Leute dich eine dumme deutsche Schlampe nennen würden?«

Ich gebe ihr die Gelegenheit, eine Weile über meine Worte nachzudenken, doch Lisa nutzt die Chance nicht, sondern poltert wie aus der Pistole geschossen los: »Ich habe nicht darum gebeten, nach Frankreich zu fliegen. Es war dein Wunsch, dass wir kommen, und nur weil ich dich nicht enttäuschen wollte, habe ich zugestimmt.«

»Das war ja sehr mitfühlend von dir.« Lisa weiß genau, dass ich es sarkastisch meine. So gut kennen wir uns, dass sie meinen Ton richtig deuten kann.

»Tut mir leid, Lotte. Ich wollte dich nicht verletzen. Natürlich weiß ich, was du alles für uns tust, und ich bin dir auch dankbar.«

»Aber?«

»Was aber? Tu mir einen Gefallen und hör auf, mich auf diese pädagogische Art und Weise ins Verhört zu nehmen. Es reicht doch, dass ich mich in der Schule ständig rechtfertigen muss.«

»Aber du gehst doch schon seit Wochen nicht mehr in den Unterricht.«

»Nun weißt du auch weshalb!«

»Das ist doch keine Begründung, Lisa.«

»Hör auf, mich zu nerven! Ihr geht mir alle auf den Geist! Der Rektor, die Vertrauenslehrerin, die Tussi vom Jugendamt und jetzt auch noch du!«

»Alle nerven dich, nur Markus nicht, oder?«

»Er stellt wenigstens keine dummen Fragen!«

»Er hält es lieber mit rechten Parolen. Ich weiß Bescheid, und es gefällt mir nicht!«

»Was weißt denn du von Markus?«

»Genug, um zu wissen, dass er kein passender Umgang für dich ist. Seitdem du mit ihm befreundet bist, trinkst du Alkohol und schwänzt die Schule. Aber noch viel entscheidender ist die Tatsache, dass er eine Rassistin aus dir macht. Und das passt mir überhaupt nicht und wäre deiner Mutter gewiss nicht recht.«

»Mama ist tot!«

»Ja, das ist furchtbar, aber dein Leben geht weiter und ich werde nicht zulassen, dass du es dir verkorkst.«

»Und was hast du vor?«

»Darüber werden wir in den nächsten Tagen gemeinsam mit Martin und Lena sprechen. Und es wäre sehr hilfreich, wenn du deine Ausdrucksweise bis dahin auf ein akzeptables Maß herunterfährst. Martin ist zwar sehr tolerant, aber auf deine Art zu reden, steht er gar nicht.«

»Dann halte ich künftig besser ganz den Mund.«

»Das wäre aber schade, denn du hast Anjas Witz und Schlagfertigkeit geerbt, und es wäre ein Jammer, wenn du uns daran nicht teilhaben lässt.«

»Mit anderen Worten bin ich auch eine Bitch in deinen Augen. Ich kann es dir nicht verdenken, nachdem was Mama sich mit Martin geleistet hat.«

»Woher weißt du davon?«

»Gerald hat es uns gesagt.«

»Deine Mutter war keine Bitch. Sie war ein wertvoller Mensch und meine beste Freundin. Ich will nie wieder von dir hören, dass du so über sie sprichst. Haben wir uns verstanden?«

Es herrscht Stille im Inneren des Wagens. Ich denke, dass ich jetzt weiterfahren kann. Es ist vorläufig alles gesagt.

Wir machen einen kurzen Abstecher zu Marie. Ich will ihr sagen, dass sich das Thema Daphne erledigt hat, aber wir treffen sie in ihrem SPA nicht an.

»Die Chefin nimmt sich samstags und sonntags immer frei«, erklärt ihr attraktiver Physiotherapeut. »Aber Sie dürfen sich auch gern in meine Hände begeben. Man sagt mir magische Fähigkeiten nach«, lacht er und streckt seine flinken Finger demonstrativ in die Luft.

»Nein danke, Carlos. Wir sind nicht wegen einer Behandlung gekommen.«

»Aber der hübschen Mademoiselle würde eine Lockerungsmassage bestimmt guttun. Danach wird sie bestimmt nicht mehr so mürrisch dreinschauen. Zwanzig Minuten? Ich hätte jetzt noch einen Termin frei.«

»Hast du Lust, Lisa?«

»Mich von diesem Typen anfassen zu lassen? Bestimmt nicht!«

»Danke, Carlos. Vielleicht ein anderes Mal«, sage ich und verlasse mit Lisa den Beauty-Salon. Warum sie so abweisend reagiert hat, will ich von ihr wissen.

»Ich lass mich doch nicht von wildfremden Männern betatschen.«

»Carlos ist ein gut aussehender junger Mann. Die Frauen stehen Schlange, nur um von ihm behandelt zu werden.«

»Bist du blind, Lotte? Der Typ ist stockschwul!«

»Gegen Schwule hast du also auch was. Na bravo, die Hohlbratze Markus hat ja richtig gute Arbeit geleistet.«

»Hör auf, so über ihn zu sprechen! Du weißt doch gar nichts von ihm!«

»Dann erzähl doch mal! Wie alt ist er?«

»Neunzehn.«

»Und was macht er, wenn er nicht gerade gegen Ausländer und Homosexuelle herzieht? Ich meine, was ist er von Beruf oder geht er noch zur Schule?«

»Er ist arbeitssuchend.«

»Und seit wann sucht er schon Arbeit?«

Sie schweigt. Ich habe mit meiner Vermutung genau ins Schwarze getroffen. Er ist ein hirnloser und arbeitsscheuer Neonazi, der auf Kosten des Staates lebt und alle Mitmenschen, die nicht seiner engstirnigen Vorstellung entsprechen, für sein eigenes Unvermögen verantwortlich macht.

Ich spendiere uns den angekündigten Pink Cup und bestelle mir noch einen Espresso dazu.

»Die verlangen tatsächlich drei Euro fünfzig für eine Kugel Eis? Ja, haben die den letzten Schuss nicht gehört? Das ist reinster Wucher!«, empört sie sich. »Welcher normale Mensch kann sich das leisten?«

»Menschen, die arbeiten gehen und eigenes Geld verdienen. Du hast die Wahl, Lisa. Es ist deine Entscheidung, wie dein künftiges Leben aussehen soll. Du kannst wie Markus von Hartz-IV leben oder durch Fleiß und Arbeit deinen Lebensstandard selbst bestimmen.«

»Du meinst, so wie Mama? Sie hat ihr kurzes Leben geschuftet wie ein Pferd. Und wofür? Sie ist mit neunundvierzig gestorben.«

»Aber sie hat doch viel erreicht in ihrem Leben. Sie ist nicht als bettelarmer Sozialfall abgetreten.«

»Und Gerald reibt sich jetzt die Hände.«

»Lena hat doch schon einen Anwalt konsultiert, der sich kümmern wird.«

»Der kann gar nichts machen! Solange Gerald Mamas Unterlagen nicht rausrückt, passiert gar nichts. Und das wird er niemals freiwillig tun.«

»Woher weißt du das?«

»Ich habe seinen Brief gelesen. Er kam noch vor unserer Abreise am Donnerstag mit der Post. Ich habe Lena nur noch nichts gesagt, um ihr nicht den Urlaub zu verderben. Wenn sie erfährt, dass sie sich Australien abschminken kann, wird sie am Boden zerstört sein.«

»So schnell geben wir nicht auf. Ich werde später mit Martin beratschlagen, was wir gegen Gerald unternehmen können. Irgendwie müssen wir ihm doch beikommen!«

»Warum tust du das alles für uns, Lotte.«

»Weil ich euch lieb habe. So einfach ist das.«

Lisa hat Tränen in den Augen. Erst als ich sie in den Arm nehme, lässt sie ihnen freien Lauf.

»Es ist so ungerecht. Warum ausgerechnet Mama?«

Ja, das Leben ist scheiß ungerecht!

Ich bestätige Lisa zum zweiten Mal, dass man ihr nicht ansehen könne, dass sie geweint hat, als wir auf das Hotelgelände fahren. Nicole steht vor dem Eingang und winkt uns zu. Es ist kein Hallo-Winken, sondern ein Halt-doch- bitte-mal-an-Winken. Ich stoppe den Wagen und frage, was los ist.

»Geht es um das Saxophon? Ich hatte noch keine Gelegenheit, mit Linde zu sprechen.«

»Das ist es nicht. Ich habe ein Paket für dich angenommen und sechshundertneunundneunzig Euro für dich verauslagt.«

»Ein Paket für mich?«

»Ja, es kam heute Mittag per Nachnahme.«

»Ich habe nichts bestellt.«

»Aber es ist für Frau Seibert.«

»Zeig mal«, fordere ich sie auf, steige aus dem Wagen und folge ihr an den Empfang. Dort steht ein großer Karton, der mit rotem Packband verklebt ist. FRAGILE lese ich und habe noch immer keine Ahnung, was das sein soll.

»Das Paket ist nicht für mich, sondern für Linde. Hier steht's doch. Frau Gerlinde Seibert. Ist sie oben auf dem Zimmer?«

»Nein, sie hat vor einer Stunde das Hotel verlassen.«

»Lass den Karton einfach hier stehen. Oder stört er dich?«

»Das nicht, aber ich habe die Kasse plündern müssen, um den Kurier zu bezahlen. Heute reisen noch einige Gäste ab, und sollten die ihre Rechnung nicht mit Karte begleichen, bekomme ich ein Problem.«

Ich nehme mein Portemonnaie aus der Tasche und reiche Nicole die Scheine, die sich darin befinden. Mehr als hundertdreißig Euro kommen nicht zusammen.

»Ich kümmere mich«, verspreche ich und fahre weiter.

Noch im geschlossenen Wagen kann ich ohrenbetäubenden Lärm hören. Als ich ins Haus trete, springt Jackson mir entgegen, und ich frage mich, warum Martin ihn eingesperrt hat. Ahnungslos gehe ich in den Garten, um ihn zu fragen, als mich fast der Schlag trifft. Jens sitzt in einem kleinen Schaufelbagger und gibt Gummi. Ein Großteil meiner gepflegten Rasenfläche ist ihm schon zum Opfer gefallen.

»Stopp! Hör auf der Stelle auf! Bist du denn von allen guten Geistern verlassen?«, rufe ich aufgebracht.

»Wir kommen gut voran«, verkündet Jens stolz und stellt den Motor aus.

»Was habt ihr mit meinem Garten gemacht? Mein schöner Rasen. Wo ist Martin?«

»Er ist mit Julian und den Jungs in den Ort gefahren und holt die restlichen Balken ab.«

»Was hast du bloß gemacht?«

»Ich trage die obere Rasenschicht ab. Das ist nötig, damit wir den Rahmen setzen können.«

»Die obere Rasenschicht? Du hast ein metertiefes Loch ausgehoben.«

»Das täuscht. Wenn erst die Schichten Schotter und Sand eingebracht sind, sieht es schon ganz anders aus.«

»Und warum so groß? Ihr habt von einer kleinen Boule Bahn gesprochen und nicht von einem Tennisplatz.«

»Viermal fünfzehn Meter. Das ist die internationale Norm.«

»Die internationale Norm? Soll hier etwa die nächste Pétanque-Weltmeisterschaft stattfinden? Von einer kleinen Bahn, auf der die Kinder spielen können, war die Rede. Und auch nicht direkt vor meiner Terrasse. Meine Güte, das Grundstück ist achttausend Quadratmeter groß. Warum habt ihr keinen Platz im hinteren Teil des Areals gewählt?«

Ich könnte heulen vor Wut.

»Dahinten gibt es keinen Strom. Martin meinte, hier wäre der beste Platz, um die Bahn zu beleuchten.«

»Zu beleuchten? Sag nicht, er will auch noch eine Flutlichtanlage installieren. Verdammt, ich war keine zwei Stunden fort und ihr habt meinen Garten in ein Trümmerfeld verwandelt.«

»Schimpf nicht mit mir! Lass deine Wut an Martin aus. Er ist jetzt dein Mann!«, sagt Jens beleidigt und steigt aus dem Führerhäuschen.

»Ach Lotte, reg dich doch nicht auf. Die Männer werden schon wissen, was sie tun«, ruft Linde, die mit einer leeren Schubkarre um die Ecke kommt.

»Welche Männer? Sprichst du etwa von Martin, der bereits Blasen an den Händen bekommt, sobald er nur an einem Spaten vorbeigeht? Oder meinst du den Kapitän a.D., der zwar einen Frachter durch den Suez-Kanal steuern kann, aber noch nie einen Bagger bedient hat?«

»*Das ist Bodo mit dem Bagger und er baggert noch*«, stimmt Linde das alte Lied von Mike Krüger an. Sie will sich kaputtlachen. »Ich hätte Lust auf einen Kaffee. Spendierst du einen?«

»Gute Idee. Übrigens, im Hotel wurde ein Paket für dich abgegeben.«

»Heute schon?«

»Ja, es wurde per Nachnahme zugestellt. Nicole hat sechshundertneunundneunzig Euro für dich verauslagt.«

»Ach, ich dachte die schicken es auf Rechnung. So viel Geld habe ich gar nicht in bar dabei.«

»Was ist denn in dem Karton?«

»Ich habe mir einen Balance Scooter zugelegt. Keine Sorge, ich weiß was du jetzt sagen willst, aber ich habe extra das Modell mit der Lenkstange gewählt. Damit kann ich künftig problemlos zwischen Hotel und eurem Haus hin und her pendeln.«

»Du hast dir einen Elektro-Stehroller gekauft?«

»Elektro-Fun-Roller, Gelände-Scooter, Balance-E-Scooter, das Teil hat viele Namen und bringt einen Mörderspaß. Wo sind die Mädchen? Vielleicht möchten Lena und Lisa ihn schon mal auspacken, zusammenbauen und aufladen? Dann könnten wir heute Abend schon die erste Runde drehen.«

»Du findest sie bestimmt im Pavillon«, sage ich und gehe zurück ins Haus. »Ich glaub, hier hat gerade der Wahnsinn Einzug gehalten«, sage ich zu Jackson. So, wie mein Hund mich anschaut, stimmt er mir hundertprozentig zu.

Von außen betrachtet mag es den Anschein haben, dass ich mich wieder beruhigt habe, aber in mir brodelt es gewaltig. Weil es für mich nicht infrage kommt, vor meinem Exmann und den Kindern mit Martin zu streiten, verschiebe ich das große Donnerwetter, das ihn erwartet, auf später.

Während draußen im Garten viele fleißige Hände die Pinsel schwingen und meterlange Vollholzbalken mit einer Lasur imprägnieren, bereite ich unter Lindes Augen das Abendessen vor.

»Wie war dein Ausflug mit Lisa? Hast du mit ihr reden können?«

»Ja, aber das, was sie mir berichtet hat, ist kein Grund zur Freude. Sie hat den Brief ihres Anwalts abgefangen. Er hat den Mädchen mitgeteilt, dass er keine Möglichkeit sieht, ihnen zu helfen. Solange Gerald Anjas Dokumente nicht rausrückt, sind ihm die Hände gebunden.«

»Was heißt das?«

»Ohne Police gibt es kein Geld, und ohne Geld kann Lena nicht nach Australien. Sie weiß noch nichts davon. Diese Nachricht wird sie umhauen.«

»Die Versicherung muss zahlen!«

»Welche Versicherung? Niemand weiß, bei wem Anja die Verträge abgeschlossen hat.«

»Mir scheint, die Mädchen brauchen einen richtig guten Rechtsbeistand. Keinen, der ihnen von Amts wegen zugewiesen wurde und offensichtlich gar kein

Interesse hat, sich für ein geringes Honorar ins Zeug zu legen.«

»Vielleicht hast du Recht und wir sollten einen eigenen Anwalt beauftragen.«

»Ihr braucht jemanden, der sich richtig engagiert, und ich weiß auch schon, wer dafür infrage kommt. Christian!«

»Martins Bruder?«

»Er ist ein scharfer Hund. Und wenn es um Freunde und Familie geht, kann er besonders bissig werden. Frag ihn doch einfach. Er hilft dir bestimmt gern.«

»Ich habe ihn bis heute noch nicht kennengelernt. Glaubst du, er würde trotzdem das Mandat übernehmen?«

»Ich ruf ihn an und weihe ihn ein.«

Bei Christian Siebert läuft der Anrufbeantworter. Das hält Linde nicht davon ab, ihrem Sohn eine Nachricht zu hinterlassen.

»Dein juristischer Rat ist gefragt. Bitte melde dich schnellstens zurück. Es eilt! Kuss Linde.«

Ich bin eine Meisterin, wenn es um die Verwertung von Essensresten geht. Ich bringe es einfach nicht übers Herz, Lebensmittel vom Vortag wegzuwerfen. Folglich gibt es heute Abend Baguette Sandwiches, die ich mit dünnen Scheiben vom gestrigen Braten, Salat, Tomaten, Zwiebeln und Käse belegt habe. Weil das eine recht trockene Angelegenheit werden könnte, stelle ich noch zwei Sorten selbstgemachtes Dressing auf den Tisch. Fünf dieser langen Exemplare sollten den Hunger der fleißigen Bauarbeiter wohl stillen. Die Männer verschmähen den von mir vorbereiteten Tee und trinken Bier zum Essen. Ich gehe derweil in den Garten und betrachte das ganze Ausmaß der Katastrophe. Noch immer stehe ich kopfschüttelnd vor der Grube, als Martin mir auf die Schulter tippt und mich bittet, ins Haus zurückzukommen.

»Mein Bruder will dich sprechen. Was will denn Christian von dir?«

»Das wüsstest du, wenn du dich wichtigen Dingen widmen würdest, statt unseren Garten zu verunstalten«, zische ich und lasse ihn einfach stehen. Linde reicht mir ihr Handy und ich führe das Gespräch im Beisein aller Anwesenden.

»Wie nett, dass du zurückrufst. Hat deine Mutter dir schon erzählt, worum es geht?« Christian ist noch völlig ahnungslos, und so fasse ich die wesentlichen Punkte für ihn zusammen. Damit Lena und Lisa mithören können, stelle ich das Telefon laut. Er will wissen, welchen Güterstand Anja und Gerald vereinbart hatten, ob wir schon beim Nachlassgericht waren, wem Anja zu Lebzeiten ihr Vertrauen in juristischen Fragen geschenkt hat. Fragen über Fragen, auf die weder ich noch die Mädchen eine Antwort wissen.

»Gerald hat die Mädchen bei Nacht und Nebel auf die Straße gesetzt. Ein Koffer mit Kleidung ist das Einzige, was ihnen geblieben ist.«

»Das ist gut. Das ist sogar ausgezeichnet.«

»Bitte?«

»Das gibt mir die Möglichkeit, eine einstweilige Verfügung zu erwirken, die ihnen das Recht gibt, ihre persönlichen Dinge aus dem Haus zu holen. Mit etwas Glück finden wir bei der Gelegenheit auch die nötigen Unterlagen.«

»Das wird er nie zulassen«, ruft Lisa aufgebracht dazwischen. Christian erklärt, dass Gerald sich über den Beschluss nicht hinwegsetzen könne und sich beugen müsse. Ob es lange dauert, so eine Verfügung zu erhalten, will ich wissen.

»Ich werde mich gleich Montag darum kümmern. Es wäre hilfreich, wenn ich schon vorher eine Liste der in Rede stehenden Sachen und Dokumente bekommen könnte. Wenn ihr noch Fragen habt, dann ruft mich morgen noch mal an. Ich bin gerade auf dem Weg ins Theater.«

Christian legt auf und Martin fragt erneut, warum ich seinen Bruder konsultiert habe.

»Das würde mich auch sehr interessieren. Schließlich kümmert sich bereits ein Anwalt um diese Angelegenheit«, meint Lena.

»Tut er nicht«, erklärt Lisa kleinlaut und schaut verlegen auf die Tischplatte.

»Euer Anwalt ist eine Pfeife. Bis der euch zu eurem Recht verhilft, seid ihr schon zweifache Mütter von schulpflichtigen Kindern«, sagt Linde.

»Ich verstehe das nicht. Was hat Martins Bruder denn jetzt vor?«, will Lena wissen.

»Er besorgt einen Beschluss, der euch berechtigt, im Beisein eines Gerichtsvollziehers in die Wohnung zu gehen.«

»Wie soll das funktionieren? Wir sind doch jetzt hier.«

Sie hat Recht, aber Julian hat die perfekte Lösung. Er schlägt vor, dass sie mit ihm zurück nach Hamburg fliegt. Das Ticket für Daphne müsse ja nicht verfallen und könne problemlos auf Lena umgeschrieben werden. Außerdem verspricht er, ihr persönlich zur Seite zu stehen, wenn es zur Begehung kommt.

»Und warum darf Lena mit und nicht ich?«, fragt Lisa beleidigt.

»Weil ich dich brauche, um meinen neuen E-Scooter auszuprobieren«, sagt Linde. »Du, Martin, könntest du mir mit siebenhundert Euro in bar aushelfen? Ich überweise dir den Betrag, sobald ich wieder zu Hause bin.« Gespannt warte ich auf seine Nachfrage, die auch prompt folgt.

»Du hast was? Mir fehlen die Worte! Weißt du, Linde, so langsam …«

»So langsam sollten Elias und Valentin schlafen gehen. Seht nur, die fleißigen Bauarbeiter reiben sich schon die Augen«, unterbreche ich ihn. Julian besteht darauf, seine Jungs selber ins Bett zu bringen. Danach will er bei der Fluggesellschaft anrufen und sich um die Umbuchung kümmern. Jens verabschiedet sich, aber zu meiner Überraschung widerspricht Martin vehement.

»Du willst mich mit den vier Frauen hier ganz allein lassen? Na, du bist mir ja ein wahrer Freund.«

Wie bitte? Ich hab mich doch wohl verhört. Hat Martin meinen Ex wirklich gerade einen wahren Freund genannt? Das wird ja immer schöner.

»Ich will nicht länger stören. Das Sportstudio kann ich mir auch auf dem Hotelzimmer ansehen.«

»Unsinn, Jens. Komm mit ins Wohnzimmer. Wir gönnen uns einen guten Whisky nach der schweren Arbeit und sehen gemeinsam fern.«

Wie skurril, die beiden einträchtig auf dem Sofa sitzen zu sehen. Immerhin können sie dort keinen weiteren Schaden anrichten, denke ich und frage, ob Linde und die Mädchen Lust auf eine Partie Doppelkopf haben. Ich ernte zustimmendes Kopfnicken und hole die Karten aus dem Schrank.

Als Martin gegen ein Uhr nachts den Fernseher ausschaltet, liege ich schon im Bett. Ich bin viel zu müde, um jetzt noch mit ihm zu zanken.

»Hast Glück gehabt, mein Lieber«, nuschel ich in mein Kopfkissen und schließe die Augen.

Männer kommen und gehen

Ich glaube, Lisa hat Liebeskummer. Ihr hirnloser Neonazi-Lover antwortet nicht mehr auf ihre Nachrichten. Seit zwei Tagen hypnotisiert sie ihr Smartphone, aber es will einfach nicht klingeln. Seit dem Frühstück macht sie das erste Mal den Mund auf und fragt, ob wir Empfang hätten. Ich nicke und auch Linde bestätigt, dass auf ihrem Gerät alle Balken angezeigt werden. Wie viele SMS sie schon verschickt habe, will Linde von ihr wissen, doch Lisa antwortet ihr nicht.

»Ich würde das Telefon ausschalten. Einem Mann hinterherzulaufen wäre mir nie in den Sinn gekommen. Mag sein, dass sich die Zeiten geändert haben, aber eins hat noch immer Bestand: Frauen, die was auf sich halten, haben es nicht nötig, einem Mann hinterherzubetteln.

»Genau!«, stimme ich meiner Schwiegermutter zu. »Anja und ich haben uns stets an den Leitspruch gehalten: Männer kommen und gehen, aber die beste Freundin bleibt.«

»Aber Mama ist nicht geblieben. Sie ist gestorben, wenn ich dich daran erinnern darf.«

»Und trotzdem ist und bleibt sie meine beste Freundin.«

»Du bist eine verdammte Heuchlerin, Lotte. So sehr, wie du immer vorgibst, scheinst du meine Mutter nicht zu vermissen. Mit dieser Marie hast du recht schnell Ersatz für sie gefunden.«

»Was redest du denn da?«

»Leugne es nicht! Ich habe sehr wohl bemerkt, wie gut ihr euch in dem Lokal amüsiert habt.«

Lisas Vorwurf trifft und verletzt mich tief. Meine unüberlegte Reaktion auf diese Unverschämtheit folgt auf dem Fuße.

»Es reicht mir, meine Liebe. Bisher habe ich über deine Frechheiten hinweggehört. Aber jetzt bist du zu weit gegangen! Besser du gehst mir vorläufig aus der Sicht!«

Mit einem lauten Türknall verlasse ich die Küche und gehe in den Garten. Die Männer sind mit Schaufel und Schiebkarre dabei, die Fläche einzuebnen. Sobald Jens sich bückt und die Wasserwaage anlegt, kommt Jackson angelaufen und leckt sein Gesicht. Es scheint, als hätte er einen Narren an meinem Exmann gefressen. Dabei ist doch hinreichend bekannt, dass Jens keine Tiere mag. Doch das scheint mein quirliger Labrador noch nicht gemerkt zu haben. Es wundert mich nicht, als Jens mich bittet, den Köter ins Haus zu sperren. Ich hole tief Luft, um ihm zu sagen, dass es nicht Köter, sondern Hund heißt. Und dass dieser Hund jedes Recht der Welt hat, sich hier draußen aufzuhalten. Im Gegensatz zu ihm ist Jackson hier zu Hause und nicht nur geduldet. Aber ich komme nicht dazu, ihm die Meinung zu geigen, denn Martin ergreift vor mir das Wort.

»Ja, bitte Schatz, nimm Jackson für eine Weile mit hinein. Wir wollen heute noch fertig werden. Und er stört wirklich.«

Sollte es wirklich dazu beitragen, dass diese Großbaustelle schneller fertig wird, füge ich mich und rufe Jackson zu mir. Als wir beide ins Haus gehen, sind Linde und Lisa verschwunden. Endlich habe ich unsere eigenen vier Wände mal für einen Moment für mich allein. Statt wie angekündigt einen Kuchen zu backen, lege ich mich aufs Sofa, knipse die Leselampe an und greife nach meinem E-Reader. Meine Lieblingsautorin hat ein neues Buch herausgebracht, das sich schon seit Tagen auf meinem Gerät befindet. Jetzt endlich komme ich dazu, die ersten Kapitel zu lesen.

Ich habe erst sieben Prozent der Geschichte erreicht, als es an die Fensterscheibe klopft. Jens bittet mich, ihm zu öffnen, weil er auf die Toilette müsse.

»Sag mal, Lotte. Hat deine andauernde schlechte Laune etwas mit mir zu tun? Ist es dir nicht recht, dass ich hier bin? Ich kenne diesen Blick. So hast du früher immer geschaut, wenn sich mein Urlaub dem Ende neigte und du es kaum erwarten konntest, mich wieder loszuwerden.«

Bevor ich ihm ehrlich antworten kann, stürmt Valentin ins Haus. Er greift sich mit einer Hand in den

Schritt und ruft: »Ich muss ganz dringend Pipi. Darf ich vor dir, Opi?«, und läuft an uns vorbei.

»Nichts da, mein Bester. Immer schön der Reihe nach.«

»Dann komm, Opi, wir machen Wettpinkeln.«

Trotz geschlossener Tür höre die beiden lachen, und mir ist klar, dass nicht im Sitzen gestrullt wird.

»Gewonnen!«, ruft Valentin und fügt stolz an. »Ich habe länger als du.«

Wenigstens waschen sie sich nach ihrer Challenge die Hände.

»Opi. – Ja, mein Bester!«, wiederhole ich bissig. Jens hat in der Gunst der Jungen mächtig zugelegt. Hab ich da noch eine faire Chance? Schließlich kann ich kein Wettpinkeln mit ihnen veranstalten. Immerhin ist es mir gestattet, den Dreck hinter ihnen wegzuputzen.

Ich bin mit dem Wischen des Bodens gerade fertig, als die vier ins Haus kommen und ihren wohlverdienten Feierabend verkünden.

»Wo ist der Kuchen?«, fragt Martin und schaut in den kalten Backofen.

»Ihr wollt Kuchen? Dann fahrt in die Boulangerie im Ort. Dort gibt es reichlich Auswahl!«

»Okay«, antwortet Jens und fragt die Kinder, was sie davon halten, statt Kuchen einen Burger zu fassen »Vielleicht möchten Linde und Lisa sich uns anschließen. Dann braucht eure Oma nicht wieder für uns alle ein Abendbrot zuzubereiten und hat mal einen Abend frei.«

»Wie rücksichtsvoll, Opi!«, fauche ich und ernte verständnislose Blicke von Martin.

Vermutlich verspeisen sie gerade den zweiten Hamburger, als mein Mann sich mit zwei Gläsern Rotwein zu mir aufs Sofa setzt. Er greift nach meinen Füßen und massiert meine Ballen. Jedes Mal wenn er den Druck erhöht, wächst der Kloß in meinem Hals.

»Was ist los mit dir, Lotte?«

»Ich hab mich so auf die Zeit mit den Kindern gefreut«, jaule ich.

»Und warum genießt du nicht die Zeit mit ihnen?«

»Wie denn? Ihr gebt mir ja gar keine Gelegenheit dazu! Dein blödes Boule-Projekt ist daran schuld. Und Jens wirft sich bei den Jungs so ins Zeug, als gäbe es kein Morgen.«

»Gönn ihm doch die wenigen Tage mit den Enkeln. Viel Zeit bleibt ihm nicht mehr.«

»Er reist endlich ab? Wann?«

»Sobald wir die Bahn fertig ist.«

»Dann beeilt euch, Schatz. Ich kann es kaum erwarten.«

Jede Menge Schotter

Ich brauche meinen Wecker nicht zu stellen. Wie schon die Tage zuvor stehen Elias und Valentin früh morgens komplett angezogen vor unserem Bett und fordern uns auf, endlich aufzustehen. Ich frage die Jungs, ob Lisa noch schläft, und rechne felsenfest damit, dass sie meine Frage bejahen.

»Die hat gar nicht bei uns geschlafen«, sagt Valentin, und ich bin sofort hellwach. Noch im Schlafanzug renne ich in den Pavillon und schaue, ob ihre Sachen noch da sind. Sie wird doch wohl nicht Reißaus genommen haben und per Anhalter nach Hamburg getrampt sein? Zuzutrauen wäre es ihr. Meine Befürchtung, dass sie sich klamm und heimlich nach unserem Streit aus dem Staub gemacht hat, bestätigt sich Gott lob nicht. Alles ist gut! Ihre Sachen sind noch da, stelle ich erleichtert fest. Dennoch bleibt die Frage, wo sie ist, und wo sie die Nacht verbracht hat. Sie anzurufen, macht wenig Sinn, denn ihr Handy liegt auf dem Tisch. Vielleicht weiß Linde, wo sie steckt. Ich rufe sofort bei ihr an, aber bei meiner Schwiegermutter läuft die Mailbox. Bei Jens auch. Ich habe keine andere Wahl und muss sie suchen. Um keine Zeit zu verlieren, setze ich mich in den Wagen und fahre so wie ich bin zum Hotel. Auf der Treppe nehme ich gleich zwei Stufen. Als ich die erste Etage erreiche, horche ich an Lindes Zimmertür. So wie es scheint, ist sie nicht allein, denn ich höre Stimmen.

»Du bist echt cool, Linde.«

»Ich nehme das mal als Kompliment«, lacht meine Schwiegermutter.

»Nein, wirklich. Du bist der erste Mensch, der mir zuhört, ohne mich zu unterbrechen und die einzige Person, die mich und mein beschissenes Leben versteht.«

»Dein Leben ist nicht beschissen, Lisa. Du bist beneidenswert jung, und vor dir liegt eine aufregende Reise, auf die du dich freuen solltest! Lass nicht zu, dass Hass und Feindseligkeit dir den Blick auf das Schöne vernebelt. Sei offen für alles, was dir begegnet. Probiere dich aus! Lerne neue Menschen und fremde Kulturen kennen. Verschließ dich nicht weiter und versteck dich nicht länger in deiner Grube aus Wut und Trauer.«

Na, da kommt doch Freude auf. Ich war bisher der felsenfesten Meinung, dass ich es sei, die mit der Lisa über alles sprechen könne. Zu erfahren, dass ich nicht die erste Wahl bin, kränkt mich, und ich klopfe eingeschnappt an die Tür.

»Scheiße! Das ist bestimmt Lotte«, höre ich Lisa fluchen. Als ich ins Zimmer trete, rieche ich sofort, dass hier geraucht wurde. Und dass es keine Tabakzigaretten waren, die hier gepafft wurden, ist mir auch klar. Statt Linde zu fragen, ob sie noch bei Trost sei, in Lisas Beisein ihren Joint zu rauchen, sage ich betont freundlich: »Guten Morgen. Hier bist du also. Ich habe mir schon Sorgen gemacht. Frühstück in einer halben Stunden bei uns?« Die beiden nicken zustimmend und ich fahre wieder nach Hause.

Martin ist im Bad. Ich ziehe mich schnell an und decke den Tisch in der Küche, als es an der Tür schellt. Ich rechne mit Linde und Lisa, aber nicht sie, sondern ein älterer Latzhosenträger steht vor dem Haus. Als ich vor die Tür trete, zieht er ehrfürchtig seine Mütze vom Kopf und schaut mich freundlich an.

»Guten Morgen, Madame. Ich bringe den Split. Besser Sie fahren Ihren schönen Wagen weg, bevor ich ablade. Nicht, dass herumfliegende Teile den Lack beschädigen.« Ich schaue zur Seite und entdecke einen vollbeladenen Kipplaster, der mit laufendem Motor rückwärts auf unserem Privatweg parkt.

»Soll das etwa alles für uns sein?«, frage ich ungläubig.

»Nein, Madame. Das ist nur die erste Fuhre. Später komme ich wieder und bringe Ihnen den Sand.«

Ich rufe Martin. Soll er sich gefälligst darum kümmern. Schließlich ist es sein Schotter und sein Wagen. Aber Martin steht noch immer unter der Dusche und macht keine Anstalten, das Wasser auszustellen. Mir bleibt nichts anderes übrig, als den Porsche selbst umzuparken. Durch die Frontscheibe beobachte ich, wie der Mann die ganze Ladung grobes Granulat in unseren

Vorgarten kippt. Durch eine riesige Staubwolke erkenne ich, dass sich der Berg direkt vor der Tür befindet. Nicht nur, dass ich das Haus nun nicht mehr durch den dafür vorgesehenen Eingang betreten kann, dieser Depp hat seine Ladung auch noch über meine Bepflanzung gekippt. Davon, dass mein schöner Oleander diese Attacke heil überstanden hat, ist kaum auszugehen.

»Ja, macht alles nieder!«, fluche ich. »Es hat mich ja nur ein halbes Jahr Arbeit gekostet, diesen Acker in ein blühendes Paradies zu verwandeln.«

»Mit wem schimpfst du am frühen Morgen, Schatz«, fragt Martin, als wir uns in der Küche treffen. Ich empfehle ihm, einen Blick in den Vorgarten zu werfen.

»Öffne aber ja nicht die Haustür! Sonst haben wir den ganzen Dreck in der Diele!«, warne ich, aber meine Warnung kommt zu spät. Ich kann nur hilflos dabei zusehen, wie unsere handgefertigten Terrakottafliesen unter einem Berg Kies begraben werden. Jetzt ist es soweit und ich bekomme einen Schreikrampf.

»Nun reg dich doch nicht auf. Das lässt sich doch schnell wieder beheben«, kommentiert Martin meinen Beinahe-Nervenzusammenbruch, geht seelenruhig in die Küche und schenkt sich einen Kaffee ein. Während er lässig am Küchenschrank lehnt, wischt er über sein Smartphone und konsultiert die Wetter-App.

»Das ist nicht gut. Für heute Nachmittag ist leichter Regen angesagt. Ich hoffe, der macht uns keinen Strich durch die Rechnung.«

»Nicht der angekündigte Regen sollte dir Sorgen bereiten, sondern das Chaos in der Diele. Oder glaubst du, dass ich das wieder in Ordnung bringe?«

»Warum bist du nur ständig so gereizt?«

»Das fragst du noch? Komm Jackson! Wir gehen Gassi. Ich muss hier auf der Stelle raus!«

Unterwegs kommt Linde mir mit ihrem Wagen entgegen. Sie hupt, und Lisa winkt durch das offene Verdeck. Ob etwas passiert sei, werde ich gefragt.

»Du machst ein Gesicht, wie drei Tage Regenwetter.«

»Regen ist erst für nachmittags angesagt«, antworte ich patzig und setze meinen Spaziergang im Laufschritt fort. Schon hinter der Biegung bekomme ich Seitenstiche und bin völlig außer Atem. Du hast null Kondition, Charlotte, schimpfe ich lautlos mit mir. Ich ringe nach Luft, als mein Handy klingelt, und ich gehe völlig außer Atem ran. Zu meiner Überraschung ist es Julian, der mich zu dieser frühen Stunde anruft.

»Die Aktion ist gelaufen. Gerald hat ziemlich blöd geguckt, als wir heute früh um sieben Uhr bei ihm Sturm geklingelt haben. Wie erwartet hat er sich gesperrt. Der Gerichtsvollzieher musste ihm mit der Polizei drohen, erst dann hat er uns reingelassen.«

»Und? Habt ihr die Papiere gefunden?«

»Leider nicht. Gerald muss die Ordner bereits an einen anderen Ort gebracht haben.«

»Dann war alles für die Katz.«

»Immerhin hat Lena Anjas Schmuck, ihren Laptop und den Kraftfahrzeugbrief für den Transporter einpacken können. Ich habe derweil die Fahrräder und den Fernseher der Mädchen in meinem Wagen verstaut. Mehr war nicht zu holen.«

»Das war ja eine tolle Ausbeute.«

»Lena will den Schmuck verkaufen.«

»Der ist doch nichts wert. Anja hat doch nur billigen Modeschmuck besessen. Das einzig Wertvolle war ihr Ehering und mit dem wurde sie begraben.«

»Tut mir leid. Wie geht es meinen Jungs? Vermissen sie mich schon?«

»Es geht ihnen gut.«

»Drück sie mal ganz fest von mir und gib ihnen einen dicken Kuss. Ich muss jetzt Schluss machen.«

Mit schlechten Nachrichten begebe ich mich auf den Rückweg.

Der Dielenboden erstrahlt wieder in schönstem Braun. Martin hat die Schweinerei eigenhändig beseitigt, den Tisch fertig gedeckt und einen frischen Kaffee gekocht. Anscheinend werde ich bereits sehnsüchtig erwartet, denn als ich in die Küche trete, schauen mich alle gespannt an.

»Wo ist das Baguette? Hast du nichts mitgebracht?«, werde ich gefragt. Ich erspare mir jeglichen Kommentar, hole den Toaster aus dem Schrank und stelle ein Paket geschnittenes Weißgebäck auf den Tisch.

»Das wird wohl auch gehen«, meine ich und überlege, wie ich anfangen soll, von der fehlgeschlagenen Aktion zu berichten.

»Julian hat gerade angerufen …«

»Igitt, was ist denn das? Das Toastbrot schmeckt ja total süß. Pfui!«, schreit Lisa und spuckt den Bissen, den sie zuvor dick mit einer Pâté de Foie bestrichen hat, angewidert aus.

»Das mag daran liegen, dass es sich um kein Toastbrot, sondern um Brioche handelt, und das ist bekanntlich süß«, erkläre ich und unternehme einen neuen Versuch, meine Berichterstattung fortzusetzen.

»Bis auf wenige Sachen haben Julian und Lena nichts aus der Wohnung holen können. Von den Papieren fehlt nach wie vor jede Spur«, sage ich und schenke mir ein Glas Orangensaft ein.

»Wenn ich es richtig verstanden habe, dann wusste Anja doch, dass sie unheilbar krank war. Wieso hat sie nicht vorgesorgt? Also ich finde, das war unverantwortlich. Jeder in unserem Alter sollte ein Testament machen.«

»In unserem Alter, Jens? Wen meinst du mit uns? Abgesehen von Linde ist hier niemand nur annähernd in deinem Alter. Martin und ich sind fünfzehn Jahre jünger als du, und darauf lege ich großen Wert«, lache ich ihn aus.

»Wenn ich abtrete, ist jedenfalls alles geregelt«, gibt er stoisch zurück. »Ich habe meinen letzten Willen schon im Alter von vierzig verfasst. Man weiß ja nie.«

»Mit vierzig? Da waren wir ja noch verheiratet. Bedeutet das etwa, dass ich dich beerben werde, wenn du jetzt …«

»Ja, sicher! Du warst meine Frau und bist die Mutter meines einzigen Sohnes.«

»Aber das bin ich schon lange nicht mehr, Jens.«

»Du bist nicht Julians Mutter?«

»Natürlich bin ich das, aber ich bin schon lange nicht mehr deine Frau, und ich will dich nicht beerben. Du solltest das schleunigst ändern.«

»Reg dich ab, Lotte. Bedenke lieber, dass Geld nicht stinkt.«

»Ich habe kein Testament gemacht. Warum sollte ich auch? Bei mir ist nichts zu holen. Ich werde noch zu Lebzeiten alles verprassen«, erklärt Linde und taucht ihre Scheibe Brot in die Kaffeetasse.

»Und was wird mit deinem Hausanteil?«, fragt Martin interessiert.

»Du meinst meinen Anteil am Maison de la fleur? Das gehört uns schon seit Jahren nicht mehr. Caruso, Albert und ich haben es auf Leibrente an ein belgisches Ehepaar verkauft. Wieso schaust du so entsetzt? Von irgendwas müssen wir schließlich leben. Oder glaubst du, dass ich mit meiner Kunst Reichtümer erwirtschaften kann? Wir drei haben lebenslanges Wohnrecht erhalten und bekommen monatlich einen Betrag, der die Kosten deckt. Nach uns die Sintflut«, lacht sie und führt sich das mit Kaffee durchtränkte Brot zum Mund. Martin will wissen, wie lange ihre Männer noch in Berlin zu tun haben. Was er eigentlich meint, ist, wann Linde gedenkt, wieder in ihr Domizil zurückzukehren.

»Das hat keine Eile. Ich bin vogelfrei, wie man so schön sagt.«

»Dann hör mir zu, du Paradiesvogel. Ich habe dir siebenhundert Euro geliehen und das Hotelzimmer für eine Woche für dich bezahlt. Am Samstag reisen neue Gäste an und …«

»Wieso zahlst du für mein Zimmer?«, unterbricht sie ihren Sohn.

»Weil das Hotel nicht unsere Privatresidenz ist, über die wir frei und kostenlos verfügen können. Darum!«

»Was kostet eine Übernachtung?«

»Ich zahle für das Einzelzimmer achtzig Euro ohne Frühstück«, antwortet Jens, obwohl er gar nicht gefragt wurde.

»Bitte? In der Nachsaison? Das ist aber ganz schön happig. Ich werde keine weitere Nacht dort logieren und gleich meine Sachen packen.«

Nach meinem Geschmack zeigt Martin seine Freude über ihren Entschluss, auszuziehen, deutlich zu offen. Wäre es ihm gelungen, auch Jens zur Abreise zu bewegen, würde auch ich breit grinsend am Tisch sitzen, aber so, wie sich mein Ex gerade ausdrückt, beabsichtigt er, noch länger zu bleiben.

»Ich werde gleich zum Géant fahren und einen Großeinkauf machen. Möchte mich vielleicht einer der Herren begleiten?«, frage ich Elias und Valentin. Ihre Begeisterung hält sich in Grenzen.

»Bring einen neuen Staubsauger mit«, merkt Martin beiläufig an und schaut demonstrativ aus dem Fenster.

»Wieso?«

»Der alte ist kaputt.«

»Der alte? Das Gerät ist nagelneu«, entrüste ich mich, stehe auf und hole den Sauger aus der Abstellkammer. Das einst blitzeblanke Gehäuse ist völlig eingestaubt. Ich öffne die Klappe, um nach dem Beutel zu sehen. Er ist aufgeplatzt und kleine Kieselsteine kullern auf den Boden. Ich tausche die Tüte und stelle das Gerät an. Der Motor heult nerventötend schrill auf. Das Geräusch ist so ohrenbetäubend, dass Jackson sofort die Flucht ergreift. Nach nur wenigen Sekunden steigt Rauch auf und noch bevor ich den Stecker ziehen kann, erlischt die Tischbeleuchtung.

»Das war wohl die Sicherung«, sagt Martin und geht an mir vorbei, ohne meinen Blick zu erwidern. Dieses Mal schlucke ich meinen Ärger nicht hinunter und rufe ihm aufgebracht hinterher.

»Na, bravo, Seibert. Das hast du ja toll hinbekommen. Schon mal was von Handfeger und Schaufel gehört? Verdammt, das ist doch kein

Industriesauger!«, schimpfe ich und fasse mir entsetzt an die Stirn.

»Besorg einfach einen neuen«, antwortet er und reicht mir seine Scheckkarte. Gerade will ich ihn fragen, wie blöd man nur sein kann, als von draußen dröhnender Lärm zu hören ist. Die Latzhose ist gekommen und lädt den Sand ab. Die Jungs laufen hinaus, um ihm dabei zuzuschauen. Bis ich es schaffe, den Weg durch den Garten zurückzulegen, fährt er schon wieder davon. Fassungslos stehe ich vor dem Berg Sand, den er direkt hinter dem Porsche abgeladen hat.

»Ja, habe ich es denn nur noch mit Idioten zu tun?«, rufe ich aufgebracht? »Kann mir mal jemand sagen, wie ich jetzt das Grundstück verlassen soll?«

»Der Fahrer konnte doch nicht wissen, dass das hier eine Einbahnstraße ist«, entschuldigt Martin das Handeln dieses Hirnamputierten.

»Du bringst wohl für jeden Verständnis auf, oder? Dann erklär mir doch bitte mal, wie ich jetzt zum Einkaufen kommen soll!«

»Du kannst doch meinen Wagen nehmen«, bietet Jens an und wirft mir seinen Autoschlüssel zu.

»Siehst du! Mal wieder hast du dich völlig umsonst ereifert«, sagt Martin und macht mich mit seiner Bemerkung noch wütender. Zu sehen, wie sich die beiden Männer gegen mich verbrüdern und mich auch noch herablassend belächeln, bringt das Fass zum Überlaufen.

»Statt dumm zu grinsen, macht euch lieber an die Arbeit. Wenn ich zurück bin, will ich weder Sand noch Schotter vor meinem Haus sehen.«

Linde und Lisa haben von meinem Wutanfall nichts mitbekommen. Sie sitzen noch immer seelenruhig am Frühstückstisch und unterhalten sich angeregt.

»Seid ihr fertig?«, frage ich, obwohl es eher so klingt, als hätte ich gesagt: Seid ihr endlich fertig? Dann bewegt euch und räumt gefälligst den Tisch ab! Ich bin schließlich nicht eure Kellnerin! Aber das auszusprechen, wäre völlig überflüssig. Lisa versteht mich auch so. Sie kennt diesen Tonfall. Auch Anja hatte ihn früher drauf. Sie beherrschte ihn in Perfektion. An guten Tagen brauchte sie noch nicht einmal ein zu Wort sagen. Ein Blick von ihr genügte, und ihre Mädchen wussten Bescheid. Ohne zu murren, öffnet Lisa den Geschirrspüler und stellt die Tassen hinein.

»Fahr du nur! Wir machen das schon«, bietet sie an und ihr entweicht tatsächlich ein kurzes Lächeln.

»Komm mal her, du Ziege! Wegen gestern. Es tut mir leid. Ich wollte dich nicht so anfahren.«

»Geschenkt, Lotte. Ich weiß doch, dass du es nicht so gemeint hast.«

»Na, dann werde ich mich jetzt mal auf den Weg machen. Was haltet ihr von einem leckeren BBQ?«

»Aber es soll doch Regen geben.«

»Wir grillen einfach unter dem überdachten Patio.«

»Ganz wie du willst. Du bist der Boss.«

Der Boss macht sich mit Jens altem Opel auf den Weg zum Verbrauchermarkt. Wenn ich schon mal die Gelegenheit habe, einen Wagen mit einem richtigen Kofferraum zu lenken, dann werde ich einen richtigen Großeinkauf machen, denn dafür ist Martins Zweisitzer völlig ungeeignet.

Zuerst packe ich einen fünfundzwanzig Kilo Sack Trockenfutter in den Wagen. Dann geht es weiter in die Elektroabteilung. Nachdem ich einen neuen Staubsauger ausgesucht habe, stelle ich mich beim Schlachter an. Mit Kottelets und einer Auswahl Würstchen will ich mich schon zufriedengeben, als mein Blick auf die Hochrippe vom Rind fällt. Ich frage die Bedienung nach Gewicht und Preis und entscheide spontan, auch noch das ganze Stück zu nehmen. Martin wird begeistert sein, wenn es morgen Pulled Beef geben wird. Gleich nach meiner Rückkehr werde ich das Fleisch mit einem würzigen Rub versehen, in Folie einschlagen und für einen Tag im Kühlschrank ruhen lassen. Mit meinem selbstgemachten Krautsalat und frischen Baguettebrötchen soll es zu Lindes Abreise noch einmal ein Festmahl geben. Ich bin in Vorfreude und sehe uns schon unter den Korkeichen sitzen und spachteln.

»Jens Talbach, ich liebe die große Ladefläche deines Wagens«, sage ich laut, als ich die Einkäufe verstaue. Auf der Rückbank ist sogar noch genügend Platz, um einige Kisten zu transportieren. Ab zum Weingut, bestimme ich, und lege mein Portemonnaie auf den Beifahrersitz. Es wird Zeit, dass ich meinen Kombi aus Hamburg hole, denke ich, als ich die kurze, aber kurvenreiche Strecke zurücklege. Mit meinem Wagen bräuchte ich nur einmal wöchentlich zum Einkaufen zu fahren. Was wäre das für eine Zeitersparnis. Ob ich Julian bitten könnte, mir den Wagen zu bringen? Ich rufe ihn an, aber wie immer läuft bei ihm nur die Mailbox.

»Je eine Kiste Rot, Weiß und Rosé«, bestelle ich beim Patron, der nicht nur den leckersten Tropfen in der Region anbaut, sondern dem ich auch unseren Hund Jackson zu verdanken habe. Er fragt mich, wie es unserem Rüden geht, und ich zücke mein Handy, um ihm Fotos zu zeigen, die ich während der letzten Wochen von meinem schwarzen Temperamentsbündel aufgenommen habe.

»Er ist ja schon fast ausgewachsen«, bemerkt der Züchter und fügt an, dass er sehr erfreut darüber sei, dass wir ihn nicht überfüttern und er eine so gute Figur habe.

»Er bekommt ja auch reichlich Auslauf«, antworte ich und denke, ja, abgesehen von den Tagen, an denen er wegen dieser blöden Boule-Bahn eingesperrt wurde. Aber das gehört hoffentlich schon bald der Vergangenheit an.

»Das macht zweihundertachtundfünfzig Euro und vierundsechzig Cents, Charlotte.« Ich greife in meine

Hosentasche und fasse ins Leere. Mein Portemonnaie? Verdammt, wo habe ich meine Geldbörse?

»Moment«, sage ich und laufe hinaus zum Wagen. Auf dem Beifahrersitz liegt sie nicht, und ich werde zunehmend nervöser. Mist! Hoffentlich habe ich sie nicht verloren. Da steckt Martins Karte drin. Er wird ausflippen, sollte mir der Geldbeutel tatsächlich abhandengekommen sein. Ich durchwühle alle Taschen im Kofferraum. Panisch reiße ich das Handschuhfach auf, obwohl ich mir sicher bin, dass ich dort nicht fündig werde.

»Im Supermarkt hatte ich es noch«, sage ich mit dünner Stimme und raufe mir die Haare.

»Ist es das?«, fragt der Patron, der sich zwischenzeitlich an der Suche beteiligt hat und ein rotes Lederetui unter dem Sitz hervorzieht.

»Ja, das ist es«, sage ich erleichtert und reiche ihm die Scheckkarte. »Es muss in der Kurve vom Sitz gerutscht sein.« Sein Gehilfe trägt mir die Kartons ans Auto und sichert sie auf dem Rücksitz mit den Gurten. Er bekommt noch ein kleines Trinkgeld von mir, bevor ich einsteige. Der Schreck steckt mir noch immer in den Knochen, und mein Herz rast wie wild. Warum gerate ich nur so schnell in Panik? Weshalb gehe ich bei jeder Kleinigkeit gleich in die Luft? Warum sind meine Nerven so dünn wie Nähseide? Das passt doch gar nicht zu mir? Habe ich mir etwa doch zu viel zugemutet, wie Martin und Julian mir prognostiziert haben? Unsinn! Ich bin Charlotte, die Unerschütterliche. Mich haut so schnell nichts um. »Los, starte den Motor und dann geht es ab nach Hause«, befehle ich mir. Nur noch das Handschuhfach schließen, dann kann es losgehen. Aber diese blöde Klappe schließt nicht. Einige Zettel versperren den Schnapper. Mit der rechten Hand versuche ich, sie weiter nach hinten zu schieben, als ich mit den Fingerspitzen an eine Mappe stoße. Neugierig ziehe ich sie heraus. Meine Vermutung, dass es sich dabei um die Betriebsanleitung oder das Serviceheft handelt, trifft nicht zu. Ich halte ein Buch mit handschriftlichen Aufzeichnungen in der Hand. Jens hat ein Reisetagebuch geschrieben, denke ich und will es ungelesen zurücklegen. Aber als ein Foto von mir herausfällt, werde ich stutzig. Ich betrachte die Aufnahme und überlege, wann und wo dieses Bild geknipst worden ist. Die Rückseite trägt das Datum meines neununddreißigsten Geburtstages. Warum schleppt er eine uralte Fotografie von mir mit sich herum? Nun kann ich meine Neugierde nicht mehr zügeln und schlage es auf. Fassungslos starre ich auf das Deckblatt. Dort steht nicht nur mein Name, sondern auch meine vollständige Adresse mit dem Hinweis, dass man mich im Notfall verständigen soll. Jens Talbach! Es war also doch kein Zufall, dass du hier aufgetaucht bist! Neben dem Wagen steht der Patron und klopft an die Fensterscheibe.

»Springt er nicht an?«,

»Doch, es ist alles in Ordnung«, antworte ich und fahre vom Hof. Ich betätige den Blinker und ordne mich links ein, obwohl ich, um nach Hause zu fahren, rechts abbiegen müsste. Meine Absicht, ein Café aufzusuchen und in aller Ruhe Jens geheime Aufzeichnungen zu lesen, wird durch Martins Anruf jäh zunichte gemacht.

»Komm sofort nach Hause! Oder es passiert hier gleich ein Unglück!«, schreit er mich an. Die Frage, wer oder was ihn so wütend macht, kann ich mir sparen. Es gibt nur eine Person, die ihn derartig aus der Fassung bringen kann. Seine Mutter.

Beim nächsten Kreisverkehr wechsle ich die Richtung. Als ich zehn Minuten später auf das Hotelgelände fahre, ist Lindes grüner Flitzer verschwunden. Ich zähle eins und eins zusammen und komme zu dem Schluss, dass sie abgereist ist, ohne sich von mir zu verabschieden. Bestimmt werden die beiden gestritten haben. Ausgerechnet, wenn ich mal das Haus verlasse und nicht als Puffer zwischen ihnen fungieren kann, macht Martin seiner angestauten Wut Luft. Meine schlechte Laune ist zurück.

Aber Linde ist nicht gar nicht abgereist. Ihr Wagen steht vor dem Schotterberg. Ich parke Jens Opel dahinter und gehe schnellen Schrittes um das Haus. Schon an der Pforte passt Martin mich ab.

»Was ist denn passiert? Warum brüllst du wie ein wildgewordener Löwe durchs Telefon?«

»Sieh selbst!«, faucht er und zieht mich am Arm hinter sich her. Das, was ich sehe, verschlägt auch mir die Sprache. Im Patio wurde ein Zelt aufgestellt. Dort, wo ich unser gemeinsames Essen geplant habe, liegen nun Isomatten und Schlafsäcke.«

»Was wird das?«, frage ich ebenso aufgebracht, wie mein Mann.

»Ihr glaubt doch nicht, dass ich es zulassen werde, dass ihr achtzig Euro pro Nacht für mich ausgebt. Ich habe für diese Ausrüstung gerade mal hundertsiebzig Euro bezahlt. Jens und ich haben halbe-halbe gemacht. Nicole weiß auch schon Bescheid. Sie kann die Zimmer jetzt anderweitig vermieten.«

»Linde, du spinnst! Es ist Ende Oktober. Ihr könnt doch nicht im Freien schlafen!«

»Warum nicht? Jens und ich sind schließlich keine Weicheier.«

»Ihr habt ja einen Knall!«, schimpfe ich.

»Ist das alles? Die beiden haben einen Knall? Mehr nicht?«, fragt Martin und fordert mich auf, deutlicher zu werden »Sag ihnen, dass das nicht infrage kommt.«

»Ich? Bin ich etwa deine Pressesprecherin?«, fahre ich ihn an. »Sag du es ihnen doch! Es ist deine Mutter!«

»Und dein Exmann!«

»Den du mit aller Macht bekniet hast, zu bleiben!«

»Wenn wir ihnen das durchgehen lassen, werden wir sie nie wieder los, Lotte.«

»Hör auf, mich verantwortlich zu machen. Hilf mir lieber die Einkäufe ins Haus zu bringen.«

Martin erklärt sich lediglich bereit, den neuen Staubsauger ins Haus zu tragen. Für den Rest sei ich allein zuständig. Schließlich war ich es, die all die Leute beherbergen wollte. Nun solle ich auch zusehen, wie ich sie satt bekäme. Er lege keinen Wert auf Essen und Trinken. Überhaupt würde er erst wieder etwas zu sich nehmen, wenn dieses Zeltlager in unserem Garten geräumt sei. Es läge also in meiner Hand, wann er seinen Hungerstreik beenden würde.

»Von welchem Garten sprichst du?«, schreie ich ihn an. »Hier gibt es keinen Garten mehr. Weder vor noch hinter dem Haus. Dafür hast du ja mit deiner bescheuerten Idee, einen Boule-Platz zu bauen, gesorgt. Also komm mir nicht blöd!«

Es hat angefangen zu regnen. Die Wetter-App hat Recht behalten. Nur, dass es nicht wie vorausgesagt leicht nieselt, sondern aus Eimern schüttet.

Wir stehen bereits knöcheltief im Wasser und schreien uns immer noch an.

»Deine verdammte Harmoniesucht! Wenn du wüsstest, wie sehr mir dein Projekt Großfamilie auf den Zeiger geht! So haben wir nicht gewettet, Lotte! Von den Enkeln war die Rede. Von Elias und Valentin. Mehr nicht!«

»Wir haben gar nicht gewettet! Wenn es dir hier zu eng wird, dann geh doch in dein Hotel! Wegen deiner blöden Bemerkung sind gerade zwei Zimmer frei geworden!«

»Gute Idee!«

Martin stampft wütend davon. Als ich die Küche betrete, schauen mich alle mit weit aufgerissenen Augen an. Natürlich haben sie unseren Streit mitbekommen. Statt mir Fragen zu stellen, bitte ich sie, mir beim Ausladen zu helfen. Fünf Minuten später sind wir alle pitschenass.

»Jens! Du kannst heute mal zeigen, was du als Opi drauf hast und kümmerst dich um Jungs! Linde! Du baust auf der Stelle das Zeltlager wieder ab! Statt mit Lisa zu kiffen werdet ihr heute das Abendessen zubereiten. Alles, was dafür nötig ist, findet ihr in den Tüten. Ich werde jetzt nur noch das Rindfleisch für morgen marinieren, danach duschen und mich fertig machen. Heute ist Donnerstag und ich habe meinen Frauenabend. Noch Fragen?«

Keine Fragen. Na, geht doch.

Die Neue

Ich stehe noch im Badezimmer vor dem Spiegel und trockne meine Haare, als mein Handy klingelt. Es ist Marie, die mir Beine macht. Sie sagt, ich solle mich beeilen. Irritiert schaue ich auf die Uhr. Es ist noch vor siebzehn Uhr und ich meine, noch alle Zeit der Welt zu haben.

»Hast du nicht! Schon vergessen? Wir wollen doch heute zur Strandbar. Wenn wir erst gegen zwanzig Uhr dort aufschlagen, haben sie vielleicht schon geschlossen. Also, gib Gas, Lotte. Wir warten.«

Hastig trage ich eine getönte Tagescreme auf. Für ein richtiges Make-up fehlt mir die Zeit. Lippenstift und Rouge kann ich auch während der Fahrt auflegen. Auf der Fahrt mit welchem Wagen? Martins Porsche ist noch immer von Sandbergen eingeschlossen.

»Jens? Würdest du mir noch einmal deinen Opel leihen? Meine Mädels warten schon auf mich. Andernfalls müsste ich mir ein Taxi rufen, und das dauert mindestens eine halbe Stunde.«

»Kein Problem, Lotte. Aber willst du jetzt wirklich weg? Ich meine, du solltest dich erst mit Martin versöhnen. Du bist mal wieder recht laut geworden. Mir sind deine Ausraster ja noch gut in Erinnerung, und ich weiß damit umzugehen, aber Martin …«

»Martin hat ein dickes Fell. Mach dir keine Sorgen um uns und danke für den Wagen. Ich verspreche, ihn heil wiederzubringen.«

Direkt vor dem Mató stelle ich den Warnblinker an und hupe dreimal kurz. Marie und Sarah erkennen mich erst auf den zweiten Blick.

»Was fährst du denn für eine Rentnerkutsche?«, lachen sie und steigen ein.

»Die gehört meinem Ex. Wo ist Claire?«

»Sie kommt nach Feierabend nach. Fahr los, Lotte. Hinter uns hat sich schon eine Schlange bis zur Kirche gebildet.«

Ich habe keine Ahnung, zu welcher Strandbar es gehen soll. Dafür kommen schließlich viele infrage.

»Hier?«, frage ich, als wir die Bucht von Nartelle erreichen.

»Weiter!«, befiehlt Marie und ruft nach fünfhundert gefahrenen Metern: »Halt! Wir sind da.«

Hier einen Parkplatz zu finden, ist heute kein Problem. Bis auf zwei Kleinwagen steht kein weiteres Auto vor der Bar. Im Sommer geht es hier bunter zu, so bunt, dass einem ein Mitarbeiter noch vor dem Befahren des Grundstücks den Schlüssel abnimmt und für ein kleines Trinkgeld den Wagen einparkt. Wir lesen uns durch einen Schilderpark. Von OPEN über SAT-TV bis JET-SKI-RENTAL ist alles vertreten.

Mit einem freundlichen Bonsoir werden wir begrüßt. Marie wählt einen Tisch am Fenster. Im perfekten Französisch werden wir von der Wirtin gefragt, ob wir speisen möchten. Wieder antwortet Marie für uns.

»Später. Zunächst hätten wir gern einen Cocktail. Drei Erdbeer-Mojito, bitte«, bestellt sie, und ich frage mich, was das soll. Woher soll die arme Frau Ende Oktober frische Erdbeeren bekommen?

»Dann soll sie den Erdbeer-Mojito auf der Karte streichen«, gibt Marie patzig zurück. Ich glaube, sie ist nur gekommen, um hier Krawall zu machen. Das passt mir gar nicht, und ich sage den beiden auch gleich warum.

»Ich habe zu Hause schon genug Zirkus. Ich habe mich auf einen netten und unterhaltsamen Abend mit euch gefreut. Wenn es hier nur darum geht, die Wirtin an den Rand des Wahnsinns zu treiben, bin ich raus.«

»Drei Erdbeer-Mojitos, zum Wohl die Damen«, sagt die Wirtin diesmal auf Deutsch und stellt drei rote Longdrinks auf den Tisch.

»Woher …?«, stottert Marie ungläubig.

»Woher ich weiß, dass Sie Deutsche sind? Das Kennzeichen hat Sie verraten. HH! Ich komme auch aus Hamburg.«

»Ich weiß«, sagt Marie und spricht ihre eigentliche Frage jetzt im ganzen Satz aus. »Woher haben Sie zu dieser Jahreszeit Erdbeeren bekommen?«

»Schätzchen, das bleibt mein Geheimnis.«

»Ich heiße nicht Schätzchen, sondern Marie. Das hier sind Sarah und Lotte, auch eine Hamburgerin.«

»Freut mich. Ich bin Henriette. Seid ihr auf Urlaub hier?«

»Nein, wir drei sind Residenten. Ich wohne schon seit mehr als zehn Jahren hier«, verkündet Marie stolz.

»Das kann ich überbieten. Ich lebe schon seit zwölf Jahren an der Côte d'Azur.«

»Und du hast Erfahrung in der Gastronomie?«

»Mehr als dreißig Jahre …, aber nur als Gast«, lacht Henriette. »Meldet euch, wenn ich noch was für euch tun kann«, sagt sie mit einem Lächeln und verschwindet hinter dem Tresen.

»Die ist nett«, sage ich, und Sarah stimmt mir zu.

»Ihr Mojito ist der Hammer. Wie hat sie nur …?

»Halt endlich die Klappe, Marie, und trink!«, fordere ich sie auf und nehme einen großen Schluck.

»Na, du bist ja heute richtig schräg drauf. Immer noch wegen des Kindermädchens?«

»Die ist längst Geschichte. Ich hatte heute einen Riesenkrach mit Martin. Er hat mir Harmoniesucht vorgeworfen, dabei war er es, der meinen Ex zum Bleiben aufgefordert hat. Die beiden haben meinen ganzen Garten zerstört und direkt vor meiner Terrasse einen Boule-Platz ausgehoben, der so groß ist, wie ein Hubschrauberlandeplatz. Wegen der Baustelle können wir das Haus nicht mehr über die Eingangstür betreten, und mein Hund muss den ganzen Tag drinnen bleiben, weil er angeblich die Bauarbeiten stört. Meine Enkel bekomme ich, wenn überhaupt, gerade mal zu den Mahlzeiten zu Gesicht, und Linde, na, ihr wisst schon, meine Schwiegermutter, hat sich heute ein Zelt gekauft und beabsichtigt, fortan bei uns auf der Terrasse zu campieren. Mein Exmann trägt ein altes Foto von mir bei sich und will, dass ich ihn beerbe, während die Kinder meiner verstorbenen Freundin völlig mittellos dastehen. Was sagt ihr nun?«

»Drei Erdbeer-Mojitos, Henriette«, ruft Sarah.

»Du bekommst einen eigenen Boule-Platz. Wie toll!«, beneidet mich Marie.

»Du bist mir keine große Hilfe«, beschwere ich mich.

»Du willst dir ja nicht helfen lassen! Was habe ich dir im Géant gesagt? Finger weg von deinem Ex!«

»Er wird von den Kindern als großer Baumeister bewundert, während ich … Sie nennen ihn liebevoll Opi! Stellt euch das mal vor! Er hat sich nie gekümmert und jetzt nennen sie ihn Opi!«

»Du bist eifersüchtig auf ihn!«, fasst Sarah treffend zusammen und will wissen, warum ich ihn nicht einfach vor die Tür setze.

»Das bringe ich nicht übers Herz. Er hat erst vor Kurzem seine Lebensgefährtin verloren und ist offensichtlich ziemlich einsam.«

»Und jetzt versucht er sein Glück wieder bei dir. Als hätte ich es nicht geahnt!«, platzt es aus Marie heraus.

»Unsinn! Ich spiele gar keine Rolle. Allerdings sind er und Martin mittlerweile beste Buddies. Ist das zu glauben? – Henriette? Bitte noch drei Erdbeer-Mojitos.«

Draußen ist es schon stockdunkel, und ich muss ständig nach Minze aufstoßen, als sich die Tür öffnet und Claire die Strandbar betritt.

»Na, ihr habt ja schon reichlich gebechert. Ob ich da noch hinterherkomme?«, fragt sie und straft Sarah mit dem typischen Blick einer angekratzten Gattin. Ob wir schon gegessen haben, will sie wissen, und wir schütteln simultan die Köpfe.

»Henriette? Mein Schatz hat Hunger!«, ruft Sarah durch das Lokal. Am Nebentisch sitzen noch immer die zwei Grazien, die schon vor uns da waren. Sie haben auf dem Sofa vor dem Fernseher Platz genommen. Seit einer Stunde wird ein Fußballspiel übertragen, aber keiner von ihnen verschwendet nur einen Blick auf den Bildschirm. Die jungen Frauen sind vielmehr damit beschäftigt, ihre Fingernägel zu lackieren und sich gegenseitig mit ihren Parfums zu besprühen.

»Geht's noch?«, stöhne ich leise, als erneut eine Brise Moschus zu mir herüberzieht. Bei Kokos-Vanille wird es mir zu bunt, und ich frage, ob sie den letzten Schuss verpasst hätten. »Hallo! Das hier ist ein Restaurant. Hier kommen Menschen her, um zu essen. Packt gefälligst euren billigen Nuttendiesel ein, sonst lernt ihr mich kennen!«, drohe ich ihnen.

»Ich sehe hier niemanden essen«, gibt die Blonde zurück.

»Bei dem Gestank vergeht einem ja auch jeglicher Appetit.«

»Wir sind hier auch Gäste und müssen uns von Ihnen nicht dumm anmachen lassen.«

»Falsch! Ihr nuckelt seit zwei Stunden an einem Glas Wasser herum, während wir hier Umsatz machen. Zahlt endlich, damit wir die blöde Kiste ausstellen und Musik hören können!«, schimpft Marie.

»Müssen wir uns das bieten lassen?«, wird Henriette gefragt. Sie antwortet nicht, sondern stellt den Fernseher aus und den CD-Player an. Die beiden haben verstanden, zahlen und gehen.

Claire studiert die Speisekarte. Kurz darauf fragt sie, ob es sich beim Steinbeißer um fangfrischen Fisch handelt.

»Nein«, lautet die einsilbige Antwort der Wirtin.

»Und Dorade?«

»Du bist doch von hier, oder? Also frag nicht nach fangfrischen Fisch in der Nebensaison.«

»Was kannst du mir denn empfehlen?«

»Nichts von der Karte«, gesteht Henriette mit bierernster Miene. Ihre verblüffende Ehrlichkeit animiert uns zu einem Lachkrampf.

»Aber ich habe Hunger. Ich habe den ganzen Tag noch nichts gegessen und nur Kaffee getrunken« klagt Claire und erntet tiefes Mitleid von der Wirtin. Sie bietet ihr an, von ihrem privaten Essen zu kosten. Das sei wenigstens frisch.

»Warum öffnest du die Strandbar überhaupt außerhalb der Saison? Das kann sich doch nicht für dich lohnen«, will Marie wissen.

»Mein Mann hat sich verdrückt. Nachdem er unser Haus verkauft und das Geld in diesen Schuppen investiert hat, wohne ich notgedrungen hier. Und wenn ich hier schon den Herbst und Winter verbringen muss, dann kann ich auch öffnen. Das Frühstücksgeschäft läuft super. Meine Omeletts sind legendär. Mit etwas Glück schaffe ich es, bis zum Sommer durchzuhalten. Dann geht hier die Post ab. Sechzig Liegen am Privatstrand. Für das Restaurant stelle ich zwei Köche und drei Kellner ein. An der Bar auf der oberen Sonnenterrasse werden Cocktails gemixt, und am Wochenende sollen Live-Bands spielen.«

»Wow«, sage ich anerkennend. Die Frau hat so viel Power wie ich in meinen besten Jahren, dabei ist sie im gleichen Alter wie Marie und ich.

»Sag mal, riecht es hier etwa nach Sauerkraut?«, fragt Sarah und inhaliert auffällig durch die Nase.

»Mit Kasseler und Rauchwurst«, antwortet Henriette und bringt Teller und Bestecke für alle an den Tisch. Ohne Senf und ohne Kartoffeln machen wir uns über ihren deftigen Eintopf her.

»Hm, lecker.«

»Meine Güte, ist das lange her, dass ich Sauerkraut gegessen habe.«

»Die Wurst! Die Wurst ist der Knaller. Die schmeckt, wie von meinem Schlachter in Hamburg.«

Henriette steht auf und stellt die Musik lauter. Jan Delay singt, dass auf *Sankt Pauli noch Licht brennt.* Als es anschließend tönt, *sie könne nicht tanzen*, hält es uns nicht mehr auf den Stühlen.

Henriette sucht gerade eine Flasche Kümmelschnaps, die sich nach ihrer Aussage noch irgendwo im Kühlfach befinden müsse, als es an die Tür klopft. Nur verschwommen erkenne ich eine männliche Gestalt.

»Mein Mann ist es nicht!«, lache ich albern. »Der kann mich nicht abholen. Seine Nobelkarosse ist zwischen Bergen von Sand und Schotter eingeschlossen.«

»Meiner ist es auch nicht. Tobi muss heute auf unsere Tochter aufpassen«, lacht Marie, und Sarah ruft, dass sie gar keinen Mann habe und auch keinen wolle. Henriette öffnet die Tür und lässt den jungen Mann herein.

»Hui, aber bei dem könnte ich ins Nachdenken kommen«, sagt Sarah und beendet wie wir ihr Tänzchen.

»Bonsoir, Mesdames. Je suis Jean Maurice.«

»Wir waren heute verabredet?«, fragt Henriette ihn auf Französisch und stellt uns den smarten Burschen vor. »Maurice will im Frühjahr als Barmixer bei mir anfangen«, erklärt sie und bittet ihn, ihr hinter den Tresen zu folgen.

»Na, dann zeig mal, was du kannst«, lacht Claire und setzt sich auf einen Barhocker. Vor unseren Augen zaubert er bunte Drinks, deren Namen ich bereits nach dem ersten Schluck vergessen habe.

»Meine Güte, ist das ein schöner Mann«, lallt Sarah.

»Meine Güte, ist mir schlecht«, stöhne ich. Dann schlage ich hart auf und stoße mir den Kopf. Ich glaube ich bin ohnmächtig.

Von wegen Mentos

Es ist stockdunkel, als ich erwache. Höre ich etwa das Meer rauschen? Sollte es so sein, dann bin ich gewiss nicht zu Hause. Nein, ich liege bestimmt nicht in meinem Bett. Hier riecht es nach Moschus, Kokos und Vanille. Ich muss noch immer in der Strandbar sein und auf dem Sofa vor dem großen Fernseher geschlafen haben.

»Aua, mein Kopf«, stöhne ich laut auf.

»Kein Wunder, dass dir der Schädel brummt. Du hast einen spektakulären Sturz hingelegt und bist mit dem Kopf an die Fusskante des Tresens geschlagen. Aber keine Sorge. Du hast dir keine Platzwunde zugezogen, nur eine dicke Beule.«

»Henriette? Wo sind die anderen?«

»Sie haben sich ein Taxi gerufen«, antwortet sie und knipst das Licht an.

»Die haben mich hier einfach zurückgelassen? Wie nett von ihnen! Das sind wirklich wahre Freundinnen.«

»Du warst nicht wach zu kriegen. Ich habe vorgeschlagen, dass du deinen Rausch hier ausschläfst.«

»Wie spät ist es jetzt?«

»Gleich sechs. Steh besser auf. Die ersten Frühstücksgäste könnten gleich kommen. Möchtest du Kaffee?«

»Sechs Uhr morgens?«, frage ich ungläubig und ziehe sofort mein Handy aus der Hosentasche, um zu überprüfen, ob es stimmt. Keine Anrufe in Abwesenheit. Na, offensichtlich hat mich niemand vermisst. »Kaffee? Ja, unbedingt.«

Während Henriette an der Maschine steht und Espressi für uns zubereitet, gehe ich auf die Toilette, wasche mein Gesicht und spüle meinen Mund mit reichlich Wasser aus. Was würde ich jetzt darum geben, mir die Zähne putzen zu können. Vermutlich habe ich Mundgeruch, der einen Wolf in die Flucht schlagen würde.

»Hast du etwas mit Menthol? Kaugummi oder so?«

»Ich könnte dir einen Pfefferminzschnaps anbieten.«

»Hahaha!«

»Ihr vier seid eine nette Truppe. Ich hoffe, ihr kommt jetzt öfter mal vorbei.«

»Ganz sicher. Wir Frauen müssen schließlich zusammenhalten.«

Ich sehe, dass sich ein Wagen der Strandbar nähert. Henriette schließt die Tür auf und kurz darauf betritt ein Mann in weißen Arbeitsklamotten die Bar. Er bringt ofenfrische Baguettes, die er auf dem Tresen ablegt.

»Hast du mir keine Butter mitgebracht?«, fragt sie den Bäckerboten. Er schüttelt den Kopf, und Henriette flucht wie ein Kesselflicker. Wie sie ohne Butter Frühstück zubereiten soll, schimpft sie aufgebracht. Statt ihr zu antworten, zieht er den Kopf ein und verdrückt sich.

»So ein Dussel! Ich sag's ja. Auf Männer ist eben kein Verlass! Vorgestern habe ich ihn gebeten, mir Schinken mitzubringen. Und was hat gebracht? Käse!«

»Warum fährst du nicht selber einkaufen, statt dir alles liefern zu lassen? Ist das nicht viel zu teuer?«

»Wann denn, Lotte? Ich stehe doch den ganzen Tag hier im Geschäft. Soll ich etwa ein Schild an die Tür hängen? LIEBER GAST, BITTE NICHT WEGLAUFEN! BIN GLEICH WIEDER DA. Ich kann es mir nicht erlauben, die wenigen Leute, die den Weg zu mir finden, zu verprellen.«

»Du brauchst jemanden, der dich mal stundenweise vertritt.«

»Ja, den brauche ich sogar ganz dringend, aber so jemanden kann ich mir zurzeit nicht leisten.«

»Künftig kannst du auf mich zählen. Ich vertrete dich gern mal für ein Stündchen. Hier hast du meine Telefonnummer. Ruf mich an, wenn du mich brauchst oder ich etwas für dich einkaufen soll.«

»Das ist total nett von dir. Warum tust du das?«

»Weil wir Hanseaten zusammenhalten müssen.«

»Na dann! Hummel … Hummel.«

»Mors … Mors.«

Liebend gern würde ich Henriette spontan aus der Patsche helfen, aber die Supermärkte öffnen erst um acht

Uhr. Dann ist ihr Frühstücksgeschäft bereits gelaufen. Es sind vornehmlich Einheimische, die vor Arbeitsbeginn bei ihr einkehren. Ich mache mich auf den Weg nach Hause und rufe von unterwegs bei Nicole an. Ob sie Butter, Eier und Schinken von ihren Vorräten abgeben könne, frage ich sie.

»Pack alles zusammen, ich bin in zehn Minuten da.« Noch während der Fahrt öffne ich Jens Handschuhfach. Ich bin mir absolut sicher, gestern eine Dose mit Pfefferminzbonbons darin gesehen zu haben. Ich nehme die weiße Kunststoffdose heraus, öffne den Deckel und schütte einige Pastillen in meine Hand. Ohne daran zu schnuppern, wandern vier Stück in meinen Mund. Aber sie schmecken nicht nach Minze, sondern hinterlassen einen bitter-scharfen Geschmack auf der Zunge. Das sind keine Pfefferminzdragees, das sind Tabletten! Im hohen Bogen spucke ich sie wieder aus. Mist, was hab ich mir bloß gerade eingeworfen?

Als ich das Hotel erreiche, lasse ich den Motor laufen und renne zu Nicole in die Küche. Sie hat bereits einen Korb mit den gewünschten Sachen für mich zusammengestellt.

»Wieso hat Martin letzte Nacht hier geschlafen? Weshalb hat er mit Herrn Talbach das Zimmer getauscht? Was ist los bei euch?«, will sie wissen.

»Später. Ich hab jetzt keine Zeit«, antworte ich, bedanke mich für die Eier, die Butter und den Schinken und laufe zurück zum Wagen. Martin hat also tatsächlich ernst gemacht. Was für ein Sturkopf!

Um zwanzig vor sieben überreiche ich Henriette den Korb. Sie strahlt über das ganze Gesicht. Ohne mir eins ihrer berühmten Omeletts zuzubereiten, will sie mich nicht gehen lassen. Ich nutze die Wartezeit und gehe zum Wagen, um das Handschuhfach zu inspizieren. Während der Fahrt ist es mir nicht gelungen, herauszufinden, was es mit den Tabletten auf sich hat. Ich will es genau wissen, räume das Fach aus und lege den gesamten Inhalt auf den Fahrersitz. Bei den Zetteln, die gestern den Schnapper blockiert haben, handelt es sich um Privatrezepte. Ausgestellt von verschiedenen Hamburger Ärzten. Ich nehme mein Handy zur Hand und recherchiere im Netz nach dem Namen des Medikaments. Es handelt sich um einen verschreibungspflichtigen Tranquilizer. Mir schwant nichts Gutes. Nervös öffne ich die zweckentfremdete Pfefferminzdose und zähle die Tabletten. Ich komme auf sechsundfünfzig Stück. Wenn ich die Pillen dazu rechne, für die er noch Rezepte hat, erhöht sich die Zahl auf einhundertsechszehn. Genug um einen ausgewachsenen Bullen ins Jenseits zu befördern. Meine Güte, Jens! Was hast du nur vor?

Die Tür der Strandbar öffnet sich, und Henriette ruft mir zu. Ich soll kommen, mein Frühstück sei fertig. Ihr Omelette sieht wirklich lecker aus, dennoch bekomme ich keinen Bissen herunter.

»Iss! Wer saufen kann, muss auch essen!«, sagt sie und schenkt mir Kaffee nach.

»Ich kann nicht. Ich habe gerade eine schreckliche Entdeckung gemacht. Was würdest du denken, wenn du bei deinem Mann hundertzwanzig Schlaftabletten finden würdest?«

»Ich würde ihm sagen: »Nimm sie! Nimm sie alle! Und zwar schnell! Hier hast du ein Glas Wasser!«

»Ach, Henriette. Dein Sarkasmus hilft mir jetzt nicht.«

»Dein Mann hortet Schlaftabletten?«

»Nein, mein Ex. Ich befürchte, dass er nur gekommen ist, um hier Abschied von uns zu nehmen. Deshalb hat er auch von seinem Testament gesprochen und in sein Buch geschrieben, dass man mich im Notfall verständigen soll.«

»Ist er krank?«

»Er ist einsam. Sein ganzes Leben ist er zur See gefahren. Er hat keine Freunde an Land, und selbst zur Familie pflegt er nur sporadischen Kontakt. Seit Kurzem ist er Rentner. Zu allem Übel ist seine Lebensgefährtin vor einigen Monaten verstorben. Mit anderen Worten: Er ist mutterseelenallein.«

Ich muss sofort nach Hause und mit Martin sprechen. Gemeinsam mit ihm will ich entscheiden, was zu tun ist.

Durch die große Sprossenfenstertür sehe ich, dass er noch schläft. Erst leise, dann klopfe ich lauter von draußen an die Scheibe. Martin setzt sich abrupt auf. Als er mich erkennt, schaut er triumphierend zu mir rüber.

»Na, hast du mich vermisst? Bist du zur Vernunft gekommen? Meine Güte, hast du eine Fahne!«

»Guten Morgen, Schatz. Ja, ich stinke, ich weiß. Bisher hatte ich noch keine Gelegenheit, mir die Zähne zu putzen.«

Ich gehe ins Bad, bediene mich an den Guest Supplies und hole meine überfällige Morgentoilette nach. Noch während ich mir die Zähne putze, erzähle ich ihm von meinem Verdacht.

»Du warst die Nacht gar nicht zu Hause?«

»Fast hundertzwanzig Pillen!«, wiederhole ich und bitte ihn, beim Thema zu bleiben.

»Du hast dir einen hinter die Binde gekippt und die Kinder bei meiner chaotischen Mutter gelassen?«

»Sag mal, hörst du mir gar nicht zu? Ich befürchte, dass Jens sich etwas antun will!«

Endlich scheint Martin zu kapieren.

»Das hat er gemeint, als er mir sagte, ihm bliebe nur noch wenig Zeit mit den Enkeln.«

»Wir müssen mit ihm reden! Ach, Martin, wenn du wüsstest, wie sehr ich mich für meine Gedanken schäme. Ich war wirklich nicht sehr nett zu ihm.«

»Stimmt! Du bist schon seit Tagen nicht sehr nett. Auch nicht zu mir.«

»Zu dir auch nicht? Dabei hab ich dich doch so lieb«, schnurre ich und schmiege mich versöhnlich an seine Brust.

»Wie lieb? Zeig es mir!«

»Hier? Jetzt?«

»Gibt es einen besseren Ort als diesen? Hier sind wir wenigstens ungestört.

Es ist schon hell, als wir unser Haus erreichen. Bevor wir durch den Garten gehen, nehme ich die Dose, das Buch und die Rezepte aus dem Handschuhfach, stecke sie in meine Manteltasche und schließe den Wagen ab. Erfreut, dass kein Zelt mehr im Patio steht, schreiten wir voran. Plötzlich bleibt Martin stehen und schlägt sich abrupt die Hände vors Gesicht. Ich schaue nicht weg und breche in lautes Lachen aus. Linde steht splitternackt im Garten und macht ihre Yoga-Übungen. Auch als ich ihr ein lautes »Guten Morgen« zurufe, denkt sie nicht daran, ihren Körper zu bedecken.

»Da siehst du es! Die Frau ist ein Fall für die Klapsmühle!«, schimpft Martin und geht durch die Küchentür ins Haus. Ich folge ihm.

»Bitte Schatz, sei doch ein wenig nachsichtiger mit ihr. Sie möchte doch nur ein wenig Zeit mit uns verbringen.«

»Ich ertrage ihre Eskapaden nicht länger. Diese Frau ist total übergeschnappt. Warum erkennst du das nicht? Weshalb nimmst du sie ständig in Schutz?«

»Weil ich es war, die sie bitterlich hat weinen sehen.«

»Sie hat geweint? Wann?«

»Im Hotelzimmer. Sie dachte, wir wollen sie nicht in unserer Nähe haben und dass sie deshalb ins Hotel ziehen musste.«

»Sie hat wirklich geweint?« Martin lassen meine Worte nicht unberührt. Angestrengt denkt er nach. Fast trotzig sagt er nach einer kurzen Pause: »Sie macht es einem aber auch nicht leicht. Warum kann sie sich nicht wie eine normale Seniorin benehmen?«

Jens kommt aus dem Bad und berichtet, dass er die Nacht auf dem Sofa verbracht habe.

»Schlafen die Kinder noch?«, frage ich ihn. Er nickt und bietet an, zu den Jungs rüberzugehen und sie zu wecken.

»Lass mich das machen«, bitte ich und gehe zum Pavillon. Wie schon einmal luge ich wieder heimlich durchs Fenster. Verblüfft beobachte ich Lisa dabei, wie sie den Jungs beim Ankleiden hilft.

»Ich finde es gemein, dass du hier wohnen darfst. Unsere Mutter ist auch gestorben und trotzdem dürfen wir Oma nur in den Ferien besuchen«, beschwert sich Elias.

»Keine Sorge, du Wurm, ich werde hier nicht einziehen, sondern mit Lena nach Australien gehen und wie sie weiter die Schule besuchen.«

»Ist Australien weit weg?«, fragt Valentin. »Können wir dich dort besuchen?«

»Das würde mir gerade noch fehlen«, lacht sie und nimmt die beiden herzlich in den Arm. »Und jetzt bitte Zähne putzen«, bestimmt sie, und die drei verschwinden im Bad.

Woher weiß Lisa von meiner Absicht, sie hier bei uns wohnen zu lassen? Bisher habe ich noch nicht mit ihr darüber gesprochen. Ob Linde gequatscht hat?

Sie hat sich zwischenzeitlich meinen Bademantel angezogen und deckt mit Jens zusammen den Tisch. Martin kocht Kaffee, und ich frage, worüber gestern während meiner Abwesenheit gesprochen wurde.

»Lisa hat den Wunsch geäußert, gemeinsam mit Lena nach Australien zu gehen.«

»Stimmt. Genau das waren ihre Worte«, bestätigt Jens.

»Die beiden haben nicht einen müden Cent, um das Austauschjahr zu finanzieren.«

»Stimm nicht! Ich werde ihnen den Aufenthalt sponsern.«

»Du, Jens? Warum denn das?«

»Weil ich es kann. Sollten die beiden doch noch irgendwann an ihr Erbe kommen, zahlen sie es mir zurück. So haben wir es gestern Abend besprochen. Lena hat bereits Kontakt zu einem netten Ehepaar aufgenommen, das die Geschwister sehr gern bei sich aufnehmen würde.«

»Das ist sehr nobel von dir. Ich wusste, dass du ein feiner Kerl bist«, lobt Martin meinen Ex und klopft ihm anerkennend auf die Schulter.

»Wie es scheint, hängt bei euch der Haussegen nicht mehr schief. Lotte schaut so entspannt, wie schon lange nicht mehr«, lacht Jens. Wenn er jetzt auch noch sagt, dass er diesen glückseligen Blick von mir kenne, dann war's das mit meinem Mitgefühl für ihn.

»Was meinst du, Martin? Schaffen wir es heute, den Schotter aufzubringen?«

»Na klar, Jens, wenn alle mit anpacken«, antwortet mein Mann und schaut mich auffordernd an.

»Das wäre gut, denn dann könnten wir morgen den Rüttler abholen und die erste Schicht befestigen.«

Jens spricht von morgen. Das klingt gut, beruhige ich mich. Ich muss nicht sofort mit ihm reden und kann den richtigen Zeitpunkt abwarten.

»Natürlich helfe ich euch. Aber vorher werde ich den Grill anfeuern. Heute soll es Pulled Beef geben«, verkünde ich und werde mit tosendem Applaus belohnt.

»Das ist einer der vielen Gründe, warum ich Lotte so liebe«, sagt Martin und nimmt mich in den Arm.

»Welche Gründe gibt es noch? Du liebst sie doch wohl nicht nur, wegen ihrer ausgezeichneten Kochkünste«, frotzelt Linde und ist ganz Ohr.

»Lotte sagt stets, was sie denkt. Und manchmal sagt sie auch das, was ich mich nicht traue, dir zu sagen.«

»Bitte? Was passt dir denn jetzt schon wieder nicht an mir, Sohnemann?«

»Martin würde es begrüßen, wenn du deine Yoga-Übungen nicht nackt im Garten machen würdest. Er schätzt es auch nicht, dass du im Freien campierst. Was das Rauchen der Joints betrifft, teile ich seine Meinung. Lisa hat bereits genug Probleme. Sie jetzt auch noch mit Drogen zu konfrontieren, halte ich für mehr als fahrlässig.«

Jens springt für meine Schwiegermutter in die Bresche.

»Ihr solltet nicht so streng mit Linde sein. Schließlich ist es ihr gelungen, dem Mädchen den Kopf zurechtzurücken. Wenn es dafür nötig war, sie einmal an einem Joint ziehen zu lassen, dann ist es halt so.«

»Jens Talbach! Du erstaunst mich auf ganzer Linie«, wundere ich mich.

»Ich bin eben doch nicht der ahnungslose Langweiler, von dem du dich hast scheiden lassen.«

»Die Scheidung war deine Idee, wenn ich dich erinnern darf!«

»Du hättest ja widersprechen können!«

»Du hast Widerreden stets gehasst«, lache ich und lege freundschaftlich meinen Arm um ihn.

Fast geschafft

Auf Linde ist in allen Lebenslagen Verlass. Heute Vormittag hat sie mir zwei Oropax geborgt und somit maßgeblich zur Rettung meines Gehörs beigetragen. Nur mit diesen Ohrstöpseln ist der Krach, den der Rüttler seit zwei Stunden macht, halbwegs zu ertragen. Endlich stellt Martin die Höllenmaschine aus. Ich beobachte die Männer dabei, wie sie stolz ihr Tagwerk begutachten.

»Ich hätte es nie für möglich gehalten, dass aus der Grube tatsächlich noch ein fester Platz wird«, gebe ich anerkennend zu. Mit Schaufel und Besen begebe ich mich vor den Hauseingang, um die letzten Spuren zu beseitigen. Wenig später verkünde ich, dass der Zutritt wieder über die Eingangstür möglich ist.

»Das muss gefeiert werden. Ich gebe einen aus«, rufe ich und stelle Bier und Limonade auf den Terrassentisch.

»Und der Oleander?«, fragt Martin vorsichtig.

»Der lässt sich ersetzen.«

»Später verschwindet auch noch der Sandberg, und ich kann endlich wieder mit meinem Wagen fahren.«

»Und ich weiß auch schon, wohin. Du darfst mich morgen zum Sonntags-Brunch ausführen.

»Diese Henriette muss ja mächtig Eindruck auf dich gemacht haben.«

»Sie ist nett, und sie hat Biss. Ich bewundere sie. Für die Art, wie sie ihr Leben anpackt, zolle ich ihr meinen höchsten Respekt.«

»Sie erinnert dich an deine ersten Marmeladen-Jahre, stimmt's?«, fragt Jens, aber ich widerspreche.

»Das kannst du nicht miteinander vergleichen. Anders als Henriette war ich nicht allein auf mich gestellt. Ich hatte Anja an meiner Seite.«

»Ja, es ist nicht schön, allein zu sein«, klagt er traurig und gibt mir eine steile Vorlage.

»Wovon sprichst du? Etwa von dir? Du bist nicht allein, Jens. Du hast einen Sohn und zwei Enkelkinder.«

»Ja, aber keine Freunde.«

»Willst du mich beleidigen?«, fragt Martin, und Jens lacht verschämt.

»Ich meine, ich habe keine alten Freunde.«

»Ich bin alt«, mischt Linde sich. »Wenn du noch ältere Freunde haben willst, wirst du mit Grabsteinen Vorlieb nehmen müssen.«

»Ihr seid so lieb«, murmelt er und wendet sich ab, damit wir nicht sehen können, dass Tränen der Rührung seine Augen füllen.

»Wie lange dauert es denn noch, bis wir den Boule-Platz endlich bespielen können? So langsam wird es Zeit für mich, abzureisen. Meine Männer erwarten mich schon sehnsüchtig«, verkündet Linde.

»Du willst uns schon verlassen, Mama? Das ist aber schade.«

»Du nimmst mich wieder auf den Arm, oder Martin?«

Nein! Das ist mein vollkommender Ernst. Aber wenn du willst, dann mach ich es. Komm her, du Paradiesvogel!«, lacht er und schnappt sich seine Mutter. Sie fest in seinen Armen haltend, dreht er sich mit ihr dreimal um die eigene Achse.

»Lass mich sofort runter, du Kindskopf«, kreischt sie, aber er stellt sie erst nach weiteren zwei Runden wieder vorsichtig auf die Füße.

»Ja, ich hab dich auch lieb, du Riesenbaby«, lacht Linde und legt ihren Kopf an Martins Brust.

»Was herrscht denn hier für eine Harmonie? Seid ihr etwa krank?«, lästert Lisa. Sie hält den Gartenschlauch in der Hand und fordert laut: »Wasser marsch, Valentin!«

»Wehe!«, drohe ich, aber Lisa lässt sich nicht einschüchtern. Binnen einer Minute gelingt es ihr, uns pitschenass zu spritzen. »Na warte, du Biest!«, rufe ich und laufe hinter ihr her. Erst mit Martins Hilfe schaffe ich es, ihr den Schlauch abzunehmen.

»Ich habe Welpenschutz«, ruft Elias und versteckt sich hinter einem Gartenstuhl. Von wegen, jetzt wird niemand mehr verschont.

»Was ist denn hier los?«, fragt eine männliche Stimme hinter mir. Ich drehe mich um und richte den Strahl direkt in Julians Gesicht.

»Mom, was soll denn das? Bist du übergeschnappt?«, ruft er aufgebracht und weicht drei Schritte zurück.

»Wo kommst du denn so plötzlich her?«

»Ich bin durchgefahren und wollte euch überraschen.«

»Das ist dir gelungen, mein Sohn.«

Ich gehe ins Haus und hole einen Stapel Handtücher. Während wir uns abtrocknen, fragt Lisa, ob er allein gekommen sei.

»Nein, Lena holt wohl noch ihr Gepäck aus Lottes Wagen.«

»Du bist mit meinem Wagen gekommen? Oh, Julian, du bist der Beste.«

Die Jungs klammern sich an ihren Vater, und Lisa rennt hinaus, um ihre Schwester zu begrüßen.

Julian und Lena sind total k.o. von der langen Fahrt. Ich schlage vor, dass sie sich im Pavillon schlafen legen. Ein Vorschlag, der sofort akzeptiert wird.

Mit vereinten Kräften haben wir den Sandberg abgetragen und als letzten Belag auf den planierten Schotter verteilt. Abschließend bearbeiten Martin und Jens den Grund mit einer Walze. Das geht recht geräuscharm vonstatten, wenn man von dem lauten Stöhnen der beiden mal absieht. Ich sitze mit Linde in der Küche und pelle Kartoffeln. Ob ich Salat oder ein warmes Bauernfrühstück davon zubereite, habe ich noch nicht endgültig entschieden, als Lisa zu uns an den Tisch kommt und ein betrübtes Gesicht zieht.

»Was ist? Warum schaust du so traurig?«

»Er ist im Arsch.«

»Von wem sprichst du?«

»Von Mamas Laptop. Lena hat ihn mitgebracht, aber er lässt sich nicht anstellen. Das Teil ist hinüber.«

»Vielleicht ist nur der Akku leer und du musst ihn ans Stromnetz anschließen.«

»Hab ich schon versucht. Da rührt sich nichts.«

»Bitte Martin doch, sich das einmal anzusehen. Wenn sich jemand damit auskennt, dann er.«

Lisa geht hinaus zu den Männern und schildert ihr Problem. Eine gute Gelegenheit, Linde von meinem Tablettenfund zu berichten. Aber wir sind nicht wie vermutet ungestört. Julian steht im Türrahmen und gähnt.

»Warum schläfst du nicht?«

»Kann nicht. Bin zwar müde, aber ich finde keinen Schlaf. Was hast du gerade gesagt? Papa hortet Schlaftabletten?«

Ich nicke und gehe zur Garderobe, um meinen Mantel zu holen. Vor den ungläubigen Augen meines Sohnes lege ich den Inhalt meiner Tasche auf den Tisch.

»Das sind keine Pfefferminzbonbons.«

»Vielleicht sind es gar nicht seine, sondern gehören seiner verstorbenen Lebensgefährtin«, mutmaßt Linde.

»Die Rezepte wurden auf Herrn Jens Talbach ausgestellt. Und seht her!«, fordere ich die beiden auf und öffne das Buch.

»Das ist eindeutig«, sagt Julian betrübt und fragt, was ich nun vorhabe.

»Ich werde mit ihm reden.«

»Und ich werde diesen Scheiß jetzt sofort vernichten«, schimpft er, nimmt die Dose und geht ins Bad.«

»Nicht ins Klo werfen! Bist du denn von allen guten Geistern verlassen. Auf diesem Weg gelangt das Zeug ins Grundwasser«, ruft Linde ihm aufgebracht hinter.

»Wie soll ich sie denn sonst entsorgen?«

»Abgelaufene oder nicht mehr benötigte Medikamente können in der Apotheke abgegeben werden. Gib her, ich erledige das.«

»Dann lass mich wenigstens die Rezepte zerreißen«, bittet Julian. Als ob das die Lösung ist! Jens kann sich ohne Weiteres neue Rezepte ausstellen lassen. Nein, wir brauchen einen richtigen Plan.

»Ich werde ihm vorschlagen, vorläufig bei uns einzuziehen.«

»Ja, das klingt nach einer vernünftigen Idee«, stimme ich meinem Sohn zu.

»Das klingt nach einer ziemlich bescheuerten Idee. Julian arbeitet doch den ganzen Tag. Und sollte Jens seinen Plan in die Tat umsetzen, dann doch wohl nicht vor den Augen der Jungs. Nein, ich werde mich um ihn kümmern. Mit Albert und Caruso wird es mir schon gelingen, ihm wieder Lebensfreude einzuhauchen.«

»Und wie willst du das anstellen, Linde?«

»Lass mich nur machen. Mir fällt bestimmt was ein.«

Noch weiß ich nicht, was sie vorhat, obwohl es nicht zu übersehen ist, dass sie mit voller Konzentration an einem Plan arbeitet. Ständig telefoniert sie, schreibt SMS und tuschelt anschließend mit Julian.

Die Wahl ist einstimmig auf Bauerfrühstück gefallen und so brutzeln drei Pfannen Kartoffelscheiben mit Speck und Zwiebeln auf dem Herd. Beim Essen fragt Lisa, ob es Martin gelungen sei, den Computer ihrer Mutter wieder zum Laufen zu bringen.

»Das wird schon, aber das dauert. Ein paar Stunden musst du dich schon noch gedulden«, antwortet mein IT-Gatte.

»Wann können wir endlich Boule spielen? Der Platz ist doch jetzt fertig«, drängelt Valentin.

»Stimmt, der Platz ist fertig, aber womit willst du denn spielen? Du hast doch gar keine Kugeln, oder doch?«, fragt Martin und grinst. Wenn er dieses Grinsen an den Tag legt, weiß ich, dass er blufft. Und ich habe mich nicht getäuscht. Er erhebt sich vom Stuhl und geht in den Abstellraum. Kurz darauf kommt er mit einem Paket zurück und fordert die Jungs auf, es auszupacken. Ungeduldig reißen sie an der Pappe.

»Wartet«, rufe ich dazwischen und nehme eine Schere aus der Schublade, um ihnen zu helfen. Kurz darauf lüften sie den Inhalt des Kartons und stellen vier Holzkoffer auf den Tisch. In jedem der Kisten befinden sich sechs blank polierte Kugeln.

»Die beiden nehme ich«, bestimmt Elias.

»Sicher?«, fragt Martin und fordert ihn auf, sie sich genauer anzusehen.

»Da steht ja was drauf! – Lotte«, liest er laut vor. »Und auf dieser steht Julian geschrieben.«

»Nicht geschrieben, Elias. Das ist eine Gravur. Schau in den anderen Koffern nach. Bestimmt findest du auch zwei mit deinem Namen.«

»Hab sie!«, ruft er aufgeregt und bekommt ganz rote Bäckchen. »Und diese sind für Jens, Linde, Valentin, Lisa, Lena und für dich. Aber wer ist Guest?«, fragt er und deutet auf die vierte Kiste.

»Die sind für Omas neuen Freunde. Ob sechs Stück ausreichen, möchte ich bezweifeln, denn sie schließt in Lichtgeschwindigkeit Bekanntschaften«, spottet Martin.

»War das etwa ein Vorwurf?«, frage ich ihn.

»Das war ein Kompliment, mein Schatz. Deine offene Art, auf Menschen zuzugehen, ist ein weiterer Grund, weshalb ich dich so liebe.«

»Bitte jetzt nicht wieder küssen!«, ruft Valentin, und wir müssen alle laut loslachen.

Julian und Martin zeigen sich ehrgeizig, Lena, Lisa und Linde sind zwar talentiert, dennoch haben sie gegen Jens und mich keine Chance. Aber als gute Großeltern setzen wir alles daran, unsere Enkel gewinnen zu lassen.

»Das bringt solch einen Spaß. Warum müssen wir morgen schon wieder nach Hause fliegen, Papa?«, beschwert sich Valentin.

»Weil wir gemeinsam Möbel kaufen wollen. Oder wollt ihr im neuen Haus weiterhin in den kurzen Kinderbettchen schlafen?«

»Ihr fliegt schon morgen zurück?«, frage ich erstaunt.

»Aber nicht von Nizza, sondern von Marseille. Anders habe ich für uns alle keine Plätze mehr bekommen«, antwortet Julian, und ich weiß, dass er schwindelt. Trotzdem spiele ich mit und sage, wie sehr ich es bedaure, dass die Zeit schon vorbei ist.

»Ja, es war viel zu kurz«, beklagt auch Jens.

»Wann geht euer Flieger?«

»Warum fragst du, Martin?«

»Na, Lotte und ich werden euch zum Flughafen bringen.«

»Das ist nicht nötig. Wenn Papa …«

»Ja, Julian? Was wenn ich?«

»Wenn du Lisa, Lena und die Jungs mit deinem Wagen fahren würdest.«

»Und du?«

»Ich würde mich von Linde mitnehmen lassen. Ihr Haus liegt unweit von Marseille entfernt, und sie hat sich bereits als Fahrerin angeboten. So wäre das Problem einfach zu lösen.«

Das ist der Plan?, frage ich mich und schaue Linde ungläubig an.

»Aber ja, von mir aus, ich bin dabei«, stimmt Jens dem Vorschlag unseres Sohnes zu.

Nach einem letzten Drink werden im Hause Seibert die Koffer gepackt. Julian stellt noch zwei Liegen auf und ich beziehe zwei Wolldecken mit Bettbezügen als Martin fragt, ob ich ihn noch auf einen Spaziergang mit Jackson begleiten würde.

Wir gehen Hand in Hand in Richtung Hotel. Unterwegs frage ich ihn, ob er auch traurig sei, dass die Ferien so schnell vorbeigegangen sind.«

»Ein wenig«, gibt er zu und lächelt.

Ich brauche ihn nicht zu fragen, warum er die Treppe in den zweiten Stock nimmt, in dem sich die Seminarräume der Solution Partner befinden. Mir ist klar, dass es um Anjas Laptop geht, der seit Stunden an einen Tower-PC angeschlossen ist, um die Daten zu reaktivieren.

»Siehste wohl, war doch einfacher, als ich dachte. Alles ist wiederhergestellt. Damit hat Gerald wohl nicht gerechnet.«

»Was hat Gerald damit zu tun?«

»Er muss nach Anjas Beerdigung die Festplatte gelöscht haben. Aber gelöscht bedeutet nicht endgültig gelöscht.«

»Dieses Schwein!«, schimpfe ich und betrachte den Bildschirm. Auf dem Schreibtisch sind zwei gelbe Ordner zu sehen. Der eine trägt die Bezeichnung WICHTIG, der andere PERSÖNLICH. Ich bitte Martin, zuerst den wichtigen Ordner zu öffnen. Und siehe da. Es erscheinen Dokumente mit den Bezeichnungen Testament, Sorgerechtsverfügung, Ausbildungsversicherung, Lebensversicherung, Kreditvertrag et cetera.

»Klick mal auf Sorgerechtsverfügung«, bitte ich meinen Mann. Stumm lesen wir, was Anja noch zu Lebzeiten verfasst hat. Für den Fall ihres Ablebens vor Lenas Volljährigkeit soll das Sorge- und Aufenthaltsbestimmungsrecht an Frau Charlotte Talbach übertragen werden. »Siehst du? Ich habe doch gewusst, dass Anja Vorkehrungen getroffen hat. Sie war nicht so gewissenlos, wie ihr stets unterstellt wird.«

»Was hast du nun vor, Lotte?«

»Ich werde ihren Wunsch respektieren. Lies doch selbst! Hier ist von der Zeit vor Lenas Volljährigkeit die Rede. Lena wird in drei Wochen achtzehn.«

»Ob wir den Order PERSÖNLICHES öffnen dürfen?«, fragt Martin. Ich habe keine Bedenken und öffne mit einem Doppelklick diesen brisanten Ordner. Wir lesen Karsten, Norbert, Sven, Kai, Gunther, Willi, Andrej, Gerald, Michel, Ottfried und Martin.

»Das gibt's doch nicht! Sie hat über jeden Mann, mit dem sie was hatte, einen Bericht verfasst«, stelle ich mit Entsetzen fest.

»Nicht!, bittet mein Mann und schaut mich flehend an. »Bitte lies nicht, was sie über mich geschrieben hat.«

Plötzlich fällt es mir wie Schuppen von den Augen. Na klar! Gerald hat ihr geheimes Tagesbuch gelesen. Dass er dabei nicht gut weggekommen ist, ist so klar wie Kloßbrühe. Das hat ihn also geritten, so mies zu handeln.

»Was machen wir jetzt damit?«

»Wir geben es den Mädchen, was sonst?«

»Sie sollen lesen, was ihre Mutter getrieben hat?«

»Das wissen sie längst. Hör auf, mir vorzumachen, es ginge dir in dieser Sache um das Wohl von Lena und Lisa. Du willst doch nur nicht, dass sie lesen, was Anja über dich geschrieben hat.«

»Was kann sie Großartiges geschrieben haben? Es war nur einmal, und ich bereue es immer noch.«

»Ich will es aber wissen.«

»Lotte, bitte nicht!«

»Da musst du jetzt durch!«, bestimme ich und öffne das Dokument mit einem Doppelklick. Mein Herz rast und dieser alte Schmerz meldet sich mit voller Bravour wieder zurück.

»Und? Was hat sie geschrieben?«, fragt er nervös und dreht mir feige den Rücken zu. Ich lese stumm.

Das war mein größter Fehler. Nie werde ich mir das verzeihen können. Ich hoffe, Lotte wird es nie erfahren.

Ich klicke auf das rote Kreuz, das sich an der oberen rechten Seite des Bildschirms befindet und schließe das Dokument.

»Lösch diesen Ordner! Und zwar unwiderruflich. Du hast vollkommen Recht. Das müssen die Mädchen nicht lesen.«

Bis bald

In der Diele stehen drei gepackte Koffer und vier Reisetaschen. Ständig schaut Julian während des Frühstücks auf die Uhr. Lisa fragt, was sie mit den Unterlagen anstellen soll, die sich dank Martin wieder auf dem Laptop befinden.

»Die schickt ihr gleich nach eurer Ankunft an Christian. Er wird sich um alles Weitere kümmern.«

»Dann brauchen wir das Geld von Jens ja gar nicht«, sagt Lena, doch der edle Spender besteht darauf, in Vorkasse zu treten.

»Ach Leute, warum ist die Zeit mit euch nur so schnell vergangen?«, seufze ich.

»Wir sehen uns doch zu Weihnachten schon alle wieder«, relativiert Julian.

Wo wir denn feiern werden, will Valentin wissen, und Julian erklärt, dass er hofft, uns alle in seinem neuen Haus begrüßen zu dürfen.

»Aber Jackson kommt auch mit!«, bestimmt Elias. Na sicher! Nie wieder werde ich ihn allein zurücklassen. Das habe ich ihm hoch und heilig versprochen, und ich bin bekannt dafür, dass ich meine Versprechen halte.

»Denk mal drüber nach«, flüstert Jens Martin geheimnisvoll zu. Worüber er nachdenken soll, will ich wissen. »Ich habe ihm von den Single-Hotels erzählt, in denen ich auf meiner Reise übernachtet habe. Vielleicht wäre das eine lukrative Alternative zu eurem Seminar-Modell.«

»Wir lassen uns deinen Vorschlag durch den Kopf gehen«, verspricht Martin.

»Nun aber los!«, drängt mein Sohn, aber Linde widerspricht. Sie will erst noch ihren Wagen holen, bevor sich der Konvoi auf den Weg macht.

»Das geht schnell! Ich rolle rasch mit dem Scooter zum Hotelparkplatz und bin in zehn Minuten zurück.«

Schon nach zwei Minuten hören wir sie draußen schreien. Die versammelte Mannschaft rennt aus dem Haus, um zu sehen, was passiert ist. Linde liegt auf dem Privatweg und krümmt sich vor Schmerzen. Sie hält sich das Bein und jammert bitterlich.

»Mama! Hast du dir was gebrochen?«, ruft Martin besorgt und läuft auf sie zu.

»Meine Hüfte«, stöhnt sie, obwohl ihre Hände das Knie umfassen. Alles klar. Eine so gute Schauspielerin ist sie nun doch nicht, dass ich ihre Vorstellung nicht durchschauen würde.

»Ich rufe einen Krankenwagen«, sagt Martin und greift in seine Hosentasche.

»Papperlapapp! Soweit kommt es noch. Hilf mir einfach nur auf! – Nein, Autofahren kann ich jetzt nicht. Jens, würdest du mich in meinem Sekretärinnen-Porsche nach Hause bringen?«

»Ich denke, es heißt Hausfrauen-Porsche oder Sekretärinnen-Ferrari«, lache ich.

»Ist doch egal. Hauptsache, die Kinder bekommen rechtzeitig ihren Flieger. Wenn Jens ihnen jetzt seinen Wagen überlässt, könnten sie es noch schaffen.«

»Ja, sicher. Hier fang!«, sagt Jens und wirft Julian seinen Autoschlüssel zu.

»Und sein Wagen bleibt dann am Flughafen stehen?«, fragt Martin.

»Darum kümmern wir uns später«, flüstert Linde und zwinkert mir zu.

Wie ruhig es hier plötzlich ist, stellt Martin richtig fest. Er ist noch immer ahnungslos und glaubt, dass Linde sich ernsthaft verletzt habe. Ich liebe es, ihn im Ungewissen zu lassen. Ja, von mir aus soll er sich ruhig mal Gedanken um seine tolle und einzigartige Mutter machen. Nicht weniger hat sie verdient.

»Die haben uns die ganzen Vorräte weggefuttert«, lästert er, als er den Kühlschrank inspiziert.

»Hattest du nicht vor, mich zum Brunch auszuführen?«

»In die Strandbar?«

»Dort ist es nett. Wir können beim Essen aufs Meer schauen.«

»Ich schaue viel lieber dich an.«

»Ach, Martin, du alter Charmeur.«

Wer schreibt denn heute noch Postkarten

Liebe Charlotte, lieber Martin,

wir wünschen euch einen geruhsamen ersten Advent. Was haltet ihr davon, uns vier zu besuchen, bevor wir uns in Hamburg treffen und das Weihnachtsfest verbringen? Albert würde kochen. Er ist fast so talentiert wie du, Charlotte. Caruso hat versprochen, für uns zu singen und Linde beabsichtigt, euch auf dem Saxophon vorzuspielen. Sagt einfach, sie hätte bereits deutliche Fortschritte gemacht. Das sagen wir ihr auch jeden Tag, obwohl es nicht stimmt. Ich fühle mich sauwohl in dieser WG. Das Leben meint es doch gut mit mir. Ruft doch mal an. Ich würde mich freuen. Gruß Jens

Ende

Sie haben noch immer nicht genug von Lady Marmelade und ihren Freundinnen? Mehr Geschichten von den Auswanderern gibt es in den Romanen *Ausgeflittert* und *Ein unvergesslicher Single-Sommer*

Liebe Grüße Frieda

Band 4 erscheint im Sommer 2017
Lady Marmelade
Cherie, es ist mal wieder für dich

Bisher erschienen

Zeit der Seesterne

Blutorangen Trilogie / Duett/Terzett/Quartett

Alias Nora Parker

Lila ist der Duft der Wahrheit

Frühstück inklusive

Herzklopfen und kalte Füße

Herzklopfen und kalte Hände

Kalte Milch und Kummerkekse

Warme Milch und Kummerkekse

Lady Marmelade Band 1 + 2 + 3

Ausgeflittert Band 1 + 2 + 3

Urlaub mit dem Ex

Alle lieben Molly

Apfelkomplott

Liebe ist wie Radfahren

Ledig … Geschieden … Verwitwet

Nie wieder Toskana

Wer liebt … vergibt

Die Treuetesterin

Inkognito

Blindes Vertrauen und fatale Begierde

Fatales Schweigen

Die Pflegerin

Verhängnisvolle Ferien

Erben für Anfänger

Die Gesellschafterin

De Schauspelerin

Halbe 25

Ein unvergesslicher Single Sommer

Frauen von Gleis 1

Club der Feinschmecker

9495196R00122

Printed in Germany
by Amazon Distribution
GmbH, Leipzig